堂記

平山堂　平山堂在蜀岡大明寺西側，北宋慶曆八年（一〇四八），歐陽修守揚州時建，因江南諸山拱列檻前，若可攀躋，故名『平山堂』。《避暑録話》云：『平山堂，壯麗爲淮南第一。堂據蜀岡，下臨江南數百里，真、潤、金陵三州隱隱若可見。』又云：歐陽修於『暑時，輒凌晨携客往游，遣人走邵伯取荷花千餘朵，以畫盆分插百許盆，與客相間。遇酒行，即遣妓取一花傳客，以次摘其葉，盡處則飲酒，往往侵夜，載月而歸。』傳爲千古佳話。自宋以後，數百年間，平山堂屢廢屢興，均有碑記。獨《嘉靖惟揚志》載宋張懷《平山堂記》未見。

重修平山堂記

沈括

揚州常節制淮南十一郡之地，自淮南之西，大江之東，南至五嶺、蜀、漢，十一路百州之遷徙貿易之人，往還皆出其下。舟車南北，日夜灌輸京師者，居天下之七。雖選帥常用重人，而四方賓客之至者，語言面目，不相誰何，終日環坐滿堂，而太守應決一府之事自若，往往亦不暇盡舉其職。不然，大敗不可復支，雖力足以自信，始皆不能近，謂之可治，卒亦必出於甚勞，然後能善其職。故凡州之宴賞享勞，太守之所游處起居，率皆有常處，不能以意有所揀擇，以爲賓客之歡。

前守今參政歐陽公爲揚州，始爲平山堂於北岡之上，時引客過之，皆天下豪俊有名之士，後之人樂慕而來者，不在於堂榭之間，而以其爲歐陽公之所爲也。由是，平山之名盛聞天下。嘉祐八年，直史館丹陽刁公自工部郎中領府事，去歐陽公纔十七年，而平山僅若有存者，皆朽爛剥漫，不可支撑。公至逾年之後，悉撤而新之。凡工駔廩餼材藁之費，調用若干，皆公默計素定，一日指授其處，所以爲堂之壯麗者，無一物不足。又封其庭中，以爲行春之臺。昔之樂聞平山之名而來者，今又將登此以博望遐觀，其清凉高爽有不可以語傳者也。

揚爲天下四方之衝，旦至乎此者，朝不知其往；朝至乎此者，夕不知其往。民視其上，若通道大途相值，偶語一不快其意，則遠近摇摇謗喧，紛不可解。公於此時，能使威令德澤，洽於人心，政事大小，無一物之失。而寄樂於山川草木虛閑曠快之境，人知得此足以爲樂，而不知其致此之爲難也。後之人登是堂，思公之所以樂，將有指碑以告者也。

（録自《平山攬勝志》卷四）

作者簡介：沈括（一〇三〇—一〇九四），字存中，浙江錢塘（今杭州）人。嘉祐進士，官太常丞。著有《夢溪筆談》等。

平山堂後記

洪邁

揚爲州最古，南傅海，北抵淮，井而方之蓋萬里。後世華離鈲析，殆且百郡，獨廣陵得鼎其名，故常稱爲巨鎮，爲刺史治所，爲總管府，爲大都督府，爲淮南節度使。方唐盛時，全蜀尚列其下，有揚一益二之語。入本朝，事權雖殺，而太守猶一道鈐轄安撫使，品其域望，他方莫與京也。迷樓九曲，珠簾十里，二十四橋風月，登臨氣概足以突兀今古。兹堂最後出，前志所謂：江南諸峰植立闌户，且肩摩領接，若可攀取。山既佳，而歐陽又實張之，故聲壓宇宙，如揭日月，縉紳之東南，以身不到爲永恨，意謂層城、閬風、中天之臺抑末耳。然百餘年間，屢盛屢歇，瓦老木腐，因之以傾陊，薦之以兵革，而禾黍離離，無復一存。荒煙白露，蒼莽滅没，使人意象蕭然，誦『山色有無』之句，付之三歎而已。

（録自《平山攬勝志》卷四）

作者簡介：洪邁（一一二三——一二〇二），字景廬，鄱陽人。紹興十五年（一一四五）進士，授兩浙轉運使，累遷左司員外郎，謚文敏。著有《容齋筆記》等。

平山堂記

鄭興裔

天地間無久則不敝之物。唐虞以前，遐哉邈乎，不可考矣；周秦漢唐之世，迄今亦不獲多見。其尚存者，必其爲人所注意，而人爲存之也非。然則歷變故，經歲月，雖以金石之質，猶不能與天地以不敝，而況其爲游觀之所，亭臺堂榭，風雨之所飄摇，鳥鼠之所剥啄，草木之所灌莽者乎！此周原鞠茂草，故宫離禾黍，銅駝在荆棘，昔人所悲，良有以也。善乎，韓昌黎之言曰：『莫爲之前，雖美不彰；莫爲之後，雖盛弗傳。』凡廢興成毁之故，豈不以其人哉！

慶曆間，廬陵歐陽公實守是邦，爲堂於蜀岡之上，負高遠眺，江南諸山，拱揖檻前，若與堂平，故名。堂之左右，碧樹參天，清風徐來，盛夏亦不知其爲暑也。政成之暇，延四方之名俊，摘邵伯之荷蕖，傳花飲酒，分韻賦詩，徜徉乎其中，不醉無歸，載月而返，亦風流逸事也。心竊向往焉。及蒞任維揚，訪平山故蹟，而荆榛塞道，荒葛罥塗，頽垣斷棟，率剥爛不可支撑。去隆興癸未，周君淙重新之日，不三十年而凋殘零落，遂至於此。吁嗟乎！自國家多故，戎馬蹂躪，先賢遺地，半爲樵牧之區，騷人逸士，罕有過而問焉。又誰爲保護而愛惜之，樸斫而丹雘之哉？無怪乎斯堂之旋圮也。

嗚呼，事以人傳，以人傳人則傳無窮。是役也，予何能辭其責，乃爲之程土物，庀財用，卜日以鳩工。經始於客冬之九月，竣事於今春之二月。軒檐既啓，江山欲來，仰挹松風，俯矚流泉，二百年之壯觀，一旦維新。既成，偕賢士大夫相與置酒而落之。游人士女摩肩迭趾，聚而觀者不下數千人，喁喁有更新之幸，則相與語曰：『太守奉天子命，以牧養小民，刑清政簡，自宜有游觀之美，以休其暇日。』予曰：『不然，太守之新此堂也，豈徒快意適觀，自樂其樂乎？夫饗宮齋舍，釁幣告成，爲多士慶之；比户窮檐，融風已熄，爲兆民幸之。茲復汲汲於此堂者，毋亦以名賢作息之地，文章政事，昭人耳目，大有德於揚者，生既沾其澤，没亦宜馨其祀，將以此堂爲栖神之所，設主於中，以見揚之人思公之深，愛公之至。太守之能順民欲而新其堂，妥其靈也。所謂人所注意而人爲存之者，其在斯乎！後之人嗣吾意而葺之，則可以久而不敝矣。』

時紹熙改元，歲在庚戌夏五上浣識。

（録自《鄭忠肅遺集》）

作者簡介：鄭興裔（一一二六—一一九九），字光錫，河南開封人。累知揚州、廬州、明州，謚忠肅。著《鄭忠肅遺集》。

平山堂記

樓鑰

平山堂，東南勝處也。長淮之東，地多堆阜，苟見山處，皆以得名於斗野。山在他郡何算，自泗上南來者，望而首得之，故米寶晋有第一山之詠。儀真西北，登高見建業諸山，而有壯觀之勝。揚州大明寺所謂自有宇宙，便有此山，而千載無領略之者。六一居士一覽而得之，撤僧廬之敧屋作爲斯堂，而風景焕然，遂名天下，公以爲占勝獨。江南諸山，一目千里，而王荆公亦謂『一堂高視兩三州』者也。天造地設，待人而發，滁之醉翁，峽之至喜，皆以公得名。而揚又居南北之衝，士大夫往來，喜至其下。自堂之成，所謂風亭、月觀、吹臺、琴室之舊，俱在下風矣。公之記峴山亭，謂峴，蓋山之小者，而其名特著，豈非以其人哉？羊叔子與杜元凱是已。亭屢廢而復興者，由後世慕其名而思其人者多也，此堂亦幾是耶？

然而物有盛衰，承平才更十七年，而堂已圮壞，直史館刁公約新之，沈内翰括爲之記。紹興末年，廢於兵燹。周貳卿淙起其廢，而洪内翰邁記之。近歲，趙龍圖子濛嘗加葺治，鄭承宣興裔更創而增大之。開禧邊釁之起，環揚之境，本無侵軼，而是時閫帥畏怯太甚，始以大言自詭，事未迫而欲遁，遽假清野之名，縱火於外，負郭室廬，延燔一空，而堂爲荆榛瓦礫之場，於茲數年矣。

嘉定三年，寇攘既息，而旱蝗饑饉之餘，瘡痍益甚。皇上思得人以鎮撫之，大理少卿趙侯，方以閫漕之節，徯次於浙右，遂除右文殿修撰，起帥於揚，遠繼叔祖龍圖之軌。下車之初，日不暇接，簡節疏目，恩威並用，教條井井，軍民帖服，邊鄙既已不聳，而年穀順成，寖復樂土之舊。

（録自《平山攬勝志》卷四）

作者簡介：樓鑰（一一三七—一二一三），字大防，自號攻媿主人，浙江鄞縣人。南宋隆興元年（一一六三）進士，官至參知政事，謚宣獻。著有文集等。

重修平山堂記

趙拱極

郡城之西，逶迤而亘者曰蜀岡。岡自西來，直走千里，隆隆隱隱，若奔若赴，而郡承其委。岡拔地可百赴，而其魁然冠之，構爲平山堂。前郡守廬陵文忠先生創而顔也。後先生五百餘年，烏程吴公領郡事，吴公號平山，與堂名適符云。

夫揚故都會，然區區一藪耳，非有京洛之雄鉅、吴越之鬱葱，乃四方嘖嘖稱勝地，則徒以茲堂重，而茲堂以廬陵先生重。茲堂之當茲郡也，質也，吴公苕人，亦何所當於茲堂，而平山爲公號，固不能逆持數十年之左券，他日錯采標最，必揚是守，廬陵先生又豈能逆持數百年之左券，異世一新茲土，非他人，必公也。爲公之符堂名耶？爲堂名之符公耶？其有天合，有冥契，吾無以知之矣。大都尤物之物，震俗之行，必無偶然會逢者。公下車多所擘畫，總之抒獨見，破拘攣，於民蘄必利而不憚慮始卒之。峙儲練武，不三月竣；疏滯鑿堙，不五

月竣；增城雉，繕完諸官廨祠宇，不七月竣。又以其餘，封臺濬沼，時偕里氓田媪，且游且息。語云：君子信而後勞其民，不信則以爲厲己也。公以數大役一旦蘽興，而民恬然若以爲固然，輸財輸力，不驅追赴若流水，此尼僑不輒得於魯鄭，公獨何異於揚哉！

竊計公丹誠素節，屹然如魯靈光，有廬陵之風裁；剔蠹開利，指顧立辦，有廬陵之經濟；雄詞正脉，横絶作壇，有廬陵之文章；一典文衡，宇内名傑，畢入網羅，有廬陵之鑒識；公事湖山，詩酒泉石，有廬陵之風調。則公蓋廬陵之神再降而福星茲郡，郡之民沐公之遺澤而更奉其新程，五百餘年若旦暮遇之，又奚以徵而發、戒而赴，必信而後可勞耶？天下唯人心爲最神，余於是知公之生不偶，公之莅揚尤不偶，一名堂於五百年之先，一自號於五百年之後，各不偶也。公把酒登茲堂，顔翰淋灕，恍然故物。一時僚屬，洎諸士夫，奇其事，且感公德政，可藉是識不忘，各捐貲爲葺而新之。

（録自《平山攬勝志》卷四）

作者簡介：趙拱極，山東章丘人。明萬曆十七年（一五八九）進士，十九年，吴秀知揚州，趙拱極爲推官。

復修平山堂記

毛奇齡

平山堂踞維揚之勝，岡巒竹木，蔭映四野，相傳六一守揚時，公事之暇，率賓朋宴集歌咏其内，是以逡巡數世，歷歷可紀，而其後不能繼也。夫天下興廢多矣，考之六一去揚，其距建堂時，相去未遠，然當婺川劉公來，而六一送之，其繾綣故蹟，屈指年歲，戀戀於所爲，庭前手植，而丁寧浩歎，一若彈指之頃，早有古今盛衰之感生乎其間。暨東坡再來，三過平山，乃復徘徊憑吊，托諸夢寐，猶後此者也。蓋物盛則衰隨，事興而廢踵，理有固然，而第當循環遞至，則湮廢已久，將必有人焉爲之興復，而方其極盛，亦遂有起而持其後者。乃堂介浮屠，左右蔽虧，始未嘗不相爲倚恃，而其後堂既廢，而浮屠獨存，然且故址昭然，遲久未復，余嘗過其地而悲之。

今太守金君自汝南來遷，重守是邦，計之有宋慶曆間，相去甚遠，且治揚甫匝歲，即復遷江南副使，倉卒引去。又其時，適當六師張皇、禁旅四出之際，往來芻秣，日不暇接，乃登臨感慨，毅然修復於所謂平山堂者，是豈僅爲游觀地哉！蓋亦有感於前人之所爲，而興而廢，廢而復興，汲汲以成之，惟恐後也。余鄉蘭亭自永和修禊傳之迄今數千年間，廢日多而興日少。當君守汝時，汝無名蹟，然猶考淮西舊碑，勒段韓二公文於碑之陰、陽，而覆之以亭。蓋古今賢哲，風流相映，非偶然者。第堂成命酒，賓朋歌詠，已非一日，而余以訪舊之餘，續游其地，不期月間，一若賓主去留，後先頓異者，昔人所謂登斯堂而重自感也。堂以某年某月成，越一年乃始飲於堂，而屬余爲記。

（録自《平山攬勝志》卷四）

作者簡介：毛奇齡（一六二三—一七一六），字大可，號西河，浙江蕭山人。清康熙十八年（一六七九），授翰林院檢討，充《明史》纂修官，會試同考官。著述頗豐。

重建平山堂記

魏禧

平山堂距揚州城西北五里許，宋歐陽文忠公所建。公守郡時，當慶曆末，天下太平，公治尚寬簡，故獲興是役，與賓僚飲酒賦詩其中。今六百餘年，廢興不一。至於蕩爲榛蕪，盜據爲浮屠，而其地以公故，益名於天下，登臨者慨然有峴首之思焉。

揚州古稱名勝，然絶少山林丘壑之美。城以内惟康山一阜，頗三面見邗水，外則平山堂，望江南諸山最暢。康山既屋，而平山又久廢矣。自堂建後，揚州數遭兵禍，至紹定初，歷一百八十有二年，而李全之亂，猶置酒高會於平山堂。豈斯堂幸免兵火，抑毀廢復有賢者修舉之耶？今觀察金公前守是郡，政既成，慨先賢之不祀，郡之最勝地久廢，與鄉大夫汪君蛟門謀廓然新作之，不以一錢會諸民，五旬而堂成。有堂有臺，其後有樓翼然，以祀文忠公。軒敞鉅麗，吐納萬景，視文忠當日，不知何如？而觀察公化民善俗之意，亦因可以推見矣。蓋揚俗五方雜處，魚鹽錢刀之所輳，仕宦豪强所僑寄，故其民多嗜利，好宴游，徵歌逐妓，袨衣媮食，以相誇耀，非其甚賢者則不復以文物爲意。公既修舉廢墜，時與士大夫過賓飲酒賦詩，使夫人耳而目之者，皆欣然有山川文物之慕，家吟而户誦，以文章風雅之道，漸易其錢刀駔儈之氣，而揚土洿曼平衍，惟此山差高，足爲用武之地。公建堂其上，又習以俎豆之事，抑將以文章靖兵氣焉！

公名鎮，字長真，浙之山陰人。丁巳仲秋，余客揚州，公適自江南來攝鹽法，乃停車騎，步趾委巷而揖余，以記見屬。余惟康山以康公海得名，平山堂以歐陽公名天下。嗟乎！地以人重，公其自此遠矣。

（録自《平山攬勝志》卷四）

作者簡介：魏禧（一六二四—一六八〇），字冰叔，又字叔子，江西寧都人。卒於儀徵。著有《魏叔子集》。

復修平山堂記

宗觀

堂因蜀岡之勝，帶郭面江，揚之土無山，江南山皆其山也。計創始於歐陽文忠公，距今六百餘年，中間更廢興者屢矣。而廢之久且盡，莫甚今日。寺僧即其址爲殿宇，舉向之欹楹危檻，參峙於龍蛇漫漶者，湮没無留，而平山堂之名亦亡。登臨憑眺之士，緬想乎流風餘韵而力弗任焉。

康熙十二年癸丑，山陰金公來守兹郡，汪舍人蛟門從京邸以重構請，公頷之。會到府，軍興旁午，羽書四至，不暇及也。閲數月，政成時豫，乃偕賓客，具舟楫，尋六一高蹤，則栖靈寺矗然壁立，重垣周固，山光隱見甃牖，目不及舒。公喟然曰：『湮前哲，廢後觀，伊誰責耶？』維時略基址，審面勢，程土物材用，具糇糧，量功命日，弗亟弗遲。居人或不知有工築。始至而堂巍然，五楹中敞，廊廡洞達；再至而樓屹然；又至而門戺、甃甓次第完具。於以見天之曠、氣之迴，詠山色有無之句，凡垣屬縈紆，出没濃淡，以效奇競秀於兹堂之前者，始還故觀。游者恍然如寐而醒，既成以燕，遠邇歡極而賀曰：自公之來也，使我不驚鼓、不苦扉屨、不煩訟獄，州士女既安其簡且静，謂我公亦宜有游觀之美，以休其暇日，幾不知堂之所以始矣。

嗟乎！廢興成毀之相尋，一視乎人，人去則無傳，以人傳人，則傳無窮。余既歎名賢之蹟，歷久更新，非浮屠之術所能奪，又念我公所居之勢，較諸慶曆以來，豐亨無事，得以極山水賓客之娱者，難易殆有間矣。故書之，以告後之來游者。

（録自《平山攬勝志》卷四）

作者簡介：宗觀，字鶴問，江蘇興化人，貢生，官教諭。參與纂修《江南通志》，著有《咸園近稿》、《韋村集》等。

重建平山堂記

汪懋麟

揚自六代以來，宫觀樓閣，池亭臺榭之名，盛稱於郡籍者莫可數計，而今罕有存者矣。地無高山深谷足恣游眺，惟西北岡阜蜿蜒，陂塘環映，岡上有堂，歐陽文忠公守郡時所創立，後人愛之，傳五百年屹然不廢。康熙二年，士人無狀，變制爲寺，而堂又無復存焉矣！揚在古今號名郡，僚庶群集，賓客日來，所至無以陳俎豆，供燕饗，爲羞孰甚。而老佛之宫充塞四境，日支不止金錢數千萬，一呼響應。獨一歐陽公爲政講學之堂，亦爲所侵滅，而吾徒莫之救，不亦甚可惜哉！

堂初廢，余爲諸生，莫能奪。六年釋褐，與余兄叔定爲文告守令，將議復，又迫於選人去京師五年，而兹堂之興廢，未嘗一日忘也。十二年秋，山陰金公補揚州，余喜曰：『是得所托矣！』金公諾。至郡，廢修墜舉，士民和悦，會余丁先妣憂歸里，相與蓄材量役，度景於明年之七月，經始於九月，告成於十一月，不徵一錢，勞一民，五旬而堂成，公置酒大召客，四方名賢，結駟而至，觀者數千人，賦詩落之。會公遷按察驛傳道，移治江寧去。明年春，公按部過郡，又屬余拓堂後地，爲樓五楹，名真賞樓，祀歐陽公與宋代諸賢於上，皆昔官此土而有澤於民者。堂下爲公講堂，左鐘右鼓，禮樂巍然，所以防後人不得奉佛於斯也。堂前高臺數十尺，樹梧桐數本，舊名行春之臺，今仿其制，臺下東西長垣，雜植桃李梅竹柳杏數十本，敞其門爲閥閲，廣其徑爲長堤，垣以西，古松蓊翳，松下有井，即第五泉，覆以方亭，羅前人碑石，移置其上，是則平山堂之大概焉。爲用二千四百四十八兩六銖，爲工萬有八千五百六十，爲時週一歲，資出御史、轉運、太守、諸佐令、鄉士大夫、兩河諸商，而百姓無與焉。任土木之計者，道人唐心廣，勞不可没，例得書。

噫嘻！平山高不過尋丈，堂不過衡宇，非有江山奇麗，飛樓傑閣，如名嶽神山之足以傾耳駭目，而第念爲歐陽公作息之地，存則寓禮教，興文章，廢則荒荆敗棘，典型凋落，則兹堂之所繫何如哉？余願繼此而來守者，尚其思金公之遺意，而吾郡人亦相與保護愛惜，則幸矣！因勒此以告後祀。

（録自《百尺梧桐閣集》卷三）

重修平山堂記

金鎮

余莅揚，值軍興伊始，徵調旁午，數月始得整理廢墜，稍稍就緒，偕郡之賢士大夫觴詠蜀岡之上。感平山堂之毀爲僧寺，與汪舍人蛟門暨同游諸君將謀復之也，既爲文述宋歐陽公治郡政績，以其餘力，創爲是堂，及今之既廢而宜復之意，以語共莅兹土者。視舊址迤西，又辟前後隙地二畝許益之，度材量費，上自巡鹺侍御暨僚屬大夫，其心同，其言樂。以九月經始，歲終迄成事。木石堅致，黝堊鮮彩，軒檐既啓，江山欲來，五百年之壯觀，一朝頓復。適余奉命視郵政江寧，喜其將去而落成也。復偕諸君子登山置酒而樂之。郡之父老，既歡既愉，士女奔湊，攀崖捫級來觀者不絶。是時，適檇李曹司農至，首爲五十韻長句紀其事，凡郡之縉紳學士及四方名流，無不揳宮徵，敲金石，效奇呈美於兹堂之上。論者謂與蘇、王、秦、劉諸賢之唱和不相上下，而惜乎余非歐陽公其人也。

夫一堂之興廢，微耳！然人情欣欣，若以爲事之必不可少者，何也？方今東南不幸多事，吴越之郊，一望戰壘，民負楯而炊，惴惴不能終日。揚以四達之衢，吾得與二三子保境休息於此，里門晏開，守望不事，四方之結轂而至者，指爲樂土，此非大幸耶？當此之時，而使前賢之名蹟缺焉湮没，至廢爲梵鐘燈火之場而不恤，既非所以稱爲民父母之意，揆之人情，亦必有鬱然不樂者也。以余之德薄，所以能使一時之争勸其事，而歡樂其成功者，凡以順人情之所欲爲而已。然爲此於萬難倥偬之際，比之前人創建之日，其勢尤有不易者。非諸君子之協力交贊，即余亦何能藉手告成哉？是皆不可以無記也。

（録自《平山攬勝志》卷四）

作者簡介：金鎮（一六二二—一六八五），字長真，浙江山陰（今紹興）人。崇禎十五年（一六四二）舉人。歷官揚州知府、江南按察使。著有《清娱堂詩文集》。

重修平山堂記

尹會一

自古地以人重，揚州四方都會，絶少山林。城之西偏，陂陁曼衍，有堂翼然。自宋歐陽文忠公守郡時建，至今以平山特聞，中間屢歷興廢，且七百餘年矣。

聖祖南巡，嘗臨幸焉，既御書『平山堂』，復賜『賢守清風』額，蓋不獨重公之賢，亦所以風厲守土之臣，意至深也。使者壬子夏來守是邦，登堂肅拜，天章爛然，震耀心目。逾年，擢司轉運，又三年，簡命視鹺，公餘一載過之，時鄉大夫汪君應庚以斯堂見圮，蠲貲修繕，整崇階、植嘉樹、濬第五泉、新其亭。迴山種松十餘萬，蓊然蔚然，非復舊觀矣。余嘗念維揚古稱名勝，然何遜東閣、昭明選樓、徐湛之之風亭、月觀，訪其遺墟，荒涼滅没，而斯堂屢更兵燹，每廢輒興，久且益勝，公之靈在焉，不可得而泯也。若夫堂之左爲栖靈寺，唐時塔毁於火，汪君即故址建藏經樓，其後則觀音閣，前廊置寮舍以飯僧，皆因堂及之者。已，復以公命堂意，築爲平樓，綺疏四辟，遥眺南徐，水氣横浮，萬山拱揖，設起公於今，當復與賓僚觴詠，顧而樂之，愧余未獲賡其餘韻也。

於戲！揚人士擁高貲，侈豪舉，固所時有。汪君以力敦善行聞於朝，嘗即其家拜光禄少卿。觀於斯堂，乃亦爲增勝。蓋先皇之寵錫，賢守之風流，山川文物相輝映，詎遨游選勝云爾哉？汪君其知所重也矣。

（録自《平山攬勝志》卷四）

作者簡介：尹會一（一六九一——一七四八），字元孚，號健餘，直隸博野（今屬河北）人。雍正二年（一七二四）進士，歷官兩淮鹽政、河南巡撫、工部侍郎，著有詩文集。

重建平山堂記

蔣超伯

歲丙寅，超自潮陽移守廣州，時丁雨生都轉銜命來粵，瀕行，超以平山爲請，都轉欣然。追抵廣陵，旋遷蘇藩而去，超悵惘者久之。己巳春，今都轉方公自廣移淮，百廢具舉。以斯堂爲歐蘇遺迹，鋭意營之，具糇糧，程土物，稱其畚築，稽其版幹。既成之後，廳事雄屹，簃廊曲榭，喬林石湧，現於峭蒨青葱之間。自下而高，廉級彌峻；由左而右，碱戺孔膴。有屋九筵，若爲斯堂之後勁者，東坡所憩之谷林也；若修虹亘空，毘盧示現，雜花綺錯於庭際者，重構往時之平遠樓及洛春堂也；有泉涓涓，沫珠涎玉，噴薄於巖竇中者，即古塔院西廊第五泉也。於戲！可謂壯觀已！

超嘗檢故籍求之，堂始於宋慶曆八年，越十七年，郎中刁公約撤而一新，南渡後，凡五修。明神宗時，則重建。國朝康熙十二年，金太守鎮暨汪刑部懋麟諸君鼎而新之。自是而後，叠加崇飾，益廓且大。然是役也，視康熙初爲倍難。方國初王師渡河而南，誅不順命者而已，其餘安堵也。頃者，粤賊之禍，文武官署則悉熸矣，商民廛次則悉摧矣，唐園徒林則悉赭矣，工師匠伯則悉纍纍之爲溝中瘠矣。稽故址則無尺瓴寸甓之遺，簡物料則踴什百倍蓰之貴。守土者修明學校，安妥山川，四鄙之神，猶且弗給，而況其餘乎？自公之來，禺筴歲溢，出其餘力，復營斯堂。量功而命日，弗愆於素；濬渠而除道，有益於農；崇樸而去華，無侈於舊。蓋公於民生休戚，釐綱肯綮，一一旁通曲達，故措之盡善，恢恢乎並不見爲劬也。抑余猶有説焉，夫是堂之在宇內，大澤之壘空耳！然景陵純廟，賜詩賜額，星雲糺縵，與天無極。公是役也，所以興村人忠敬之思。四方之賓與鄉之士大夫獻酬雍容，來游來集，所以示閭閻禮讓之教。自宋以後，揚帥夥矣，公獨於歐蘇兩賢拳拳致意，所以堅士林景行之懷。役不妨耕，費不出氓，金碧弗加，京陵必辨，所以防澆俗浮靡之漸，蓋一舉也，四善備焉。超歸自嶺南，見斯堂之復完，幸我民之飲公福也。爰不敢辭，而爲之記。

（録自《續纂揚州府志》卷五）

作者簡介：蔣超伯（一八二一—一八五七），字叔起，號通齋，江都（今揚州）人。道光二十五年（一八四五）進士，官至按察使。著有《通齋詩文集》等。

重修平山堂記

汪時鴻

登平山遥望江南諸山，回視一平山培塿耳。自八百餘年前，歐陽公守揚州築斯堂始，而平山堂號稱名勝滿天下，非八百餘年來長名勝不銷歇也。揚州繁盛衝達之區，天下無事則士夫耽風雅，樂嘉賓，日觴詠於其間，以及舟車往來，爭攬名勝，一旦有事必被兵，則以名勝爲用武之地，至變而蕪穢荆榛，其至變而邱墟灰燼。毁之者屢屢亦興而復之屢屢，前人既書，不一書已，不在識遠，但識於近，即如辛亥迄今三五年中，尚幸不至泰甚，然而蕪穢邱墟，均在不免，平山堂名勝兩字幾於道路間緘口不譚，游人之蹤跡亦幾於絶，山僧愀然皇皇然，力圖所以興復而遲之久未果，日者大歡喜而來，合十謂老人曰：『平山堂落成有日，敢請爲文以紀之。』老人詑甚，詢所以。則以平山堂既復舊觀對，且以平山堂內外處處盡復舊觀對，費何出，則出大檀越運使公之功德，並諸檀越之功德，亦其功德也。因言，新歲某日，運使公躡平山之巔，憩玆堂良久，俯仰陳蹟，慨嘆欷歔，僧人捧帙以時進，陳述歷來興復之所由。運使公曰：『噫嘻，有是哉。彼一時，此一時，彼時之鹽務何若，此時之鹽務何若，無已，勉蠲微薄，以俟來者。且願大奚以償，毋寧得尺得寸，不定多寡可乎？』未幾，共集得捐銀一千四百元，銅錢二百千文。爰亟檄委興工，就款估計，毋使溢、毋稍糜、毋或緩。值中和節經始，訖清利月杪落成，爲時不過三閲月。舉凡堂宇、祠廡、樓閣、園亭以迄梵刹、禪寮，靡不修潔華好，一新耳目。自後游人絡繹，文酒高會，顧而樂之。嘗叩佛家所謂皆大歡喜非耶？老人因之有感矣。

昔浙人金公爲揚州守，重建平山堂落成，遷江寧驛傳道以去。今運使公亦浙人，適重修平山堂落成，量移東粤。不知今之視昔，同不同爲何如？又考志載，昔平山堂淪爲浮屠殿宇者十數稔，金公乃從汪舍人之請以重建。今運使公莅平山堂，因僧人之請以重修，而假手於不文之老人汪某紀其事。不知後之視今亦猶今之視昔，其同不同又爲何如？他日運使公由東粤重回首，知萬松蒼翠在望，定不減於楊柳春風，而吾家桃花潭水間亦先後具有微緣。若此，抑今日者山僧此舉，迥異疇昔浮屠氏之所爲，殆釋而近於儒者，其於名教亦與有功焉。可紀也。

稿紙裁就，會運使公以重修平山堂記見屬，即伸紙濡墨繕寫以上，並署名一一於紙尾：運使公謂誰？海寧姚公煜文敷也；董是役者誰？潁上陳君壽仁樂山也；爲文記之者誰？七六老人旌德汪時鴻次翁也；書石者誰？江都王景琦蓉湘也；山僧其誰？則法凈寺住持肇林皎如也，皆不可以不記。歲次旃蒙單閼之塞餘月。

（録自平山堂碑刻）

作者簡介：汪時鴻（一八四〇—？），號次翁，安徽旌德人。生平不詳。

平山堂記

李正衡

揚州之有平山堂，始於宋歐陽永叔。自斯堂出而隋唐間之歌管樓臺、鶯花煙月、美人香草、名士風流，一變而爲翰墨園林詩文淵藪。登斯堂者莫不有捧日凌雲之志、鎔經鑄史之懷，作育人才，轉移風化，一太守倡之而丕變矣。予嘗登蜀岡以望，見夫碧峭西來，蜿蜒磅礴，亘百餘里，嶺斷岡連，其夭矯不群之概，有似乎五代史中《伶官傳》論諸作之勁氣而直達也。又觀夫溪橋瑩澈之水，清流飄漾，緑波瀠洄，漱月盥煙，曲折自蜀岡而下，其雲委而波屬者，如讀乎《醉翁亭記》，引清氣而沁入心脾。洎乎遠矚高瞻，左顧右盼，錦疇繡壤，花塢煙村，江南諸山，含青吐翠，飛撲於眉睫而恰與堂平，皆《豐樂園記》中之佳致也。洵如是，則凡登斯堂者，見山水如見歐陽，合而觀之，不啻沆瀣一氣矣。

歲甲寅，予晤法凈寺皎然禪師於斯堂之左，爲予援琴，奏流水高山之曲，予感而喟然曰：自古知音之難，山水人物一致。以蜀岡之踞肆崖岸，不遇永叔而辟斯堂，人幾以培塿視之，安知其閎中而肆外者精華鬱積，凌碧落而跨莽蒼，時出其奇彩異氣，結而爲朱霞，散而爲紫電，以經天而蓋世哉。皎然請爲之記，予以爲蜀岡之狀，峰巒起伏，虎踞龍蟠，無意求奇，常有舉頭天外之概，歐陽之文，峭壁千尋，光蹈萬丈，凌丹霄而直上，障滄海之横流。分而言之，各極其盛，山也、水也、堂也、人也，皆千古而不敝者也。至是而追想乎隋唐之樓臺歌管，人往風微，不禁感慨繫之矣，因爰筆而記之。乙卯九月，西亭李正衡撰，男鴻春立石。金大順鐫。

（録自平山堂碑刻）

作者簡介：李正衡，字西亭，生平不詳。

平山堂記

全祖望

乾隆二年冬，予以大雪留滯揚州，同人約爲平山堂之游。時方濬運河，小秦淮一帶，半爲河水所注，又益以雪，紅橋左右，園亭半入水中，枯木怪石，浮動水面。抵法淨寺，捨舟徑至堂下。予不過平山已六年，堂前萬松皆成蔭。徘徊第五泉上，旋酌酒堂東之平樓，松風吹雪，沁我心脾，因與坐客言，斯堂古蹟累遷，而志乘不詳。明陸儼山集云：「揚州平山胡安定祠，乃舊司徒廟改作，其東別作廟未成。元李五峰《過平山堂故址》詩云：『蜀山有堂今改作，騎馬出門西北行。』自注今爲司徒廟。以兩公之言合之，元已改平山堂爲司徒廟，明又改司徒廟爲安定祠。是今之安定祠，乃前此之平山堂。歐劉所憩者，此也。

吾聞揚州故城，跨蜀岡以連雷塘，則平山在城内，及柴周改作，始爲今城。但故城亦不能盡包蜀岡。故楊行密攻畢師鐸，並西山以逼城，西山，即蜀岡也。陸孟俊攻韓令坤，亦屯兵焉。胡身之曰，揚東南北皆平地，惟蜀岡諸山，西接廬滁，攻揚者率循山而來，據高爲壘以臨之，則故城特逾岡而已。及城既徙，則山竟在城外。故李丞相庭芝爲閫使，鑒前此有據堂瞰城以施攻具者，乃逾山爲城以捍之，即今山後所稱堡城者是也。史亦言李全之攻揚，日坐堂上，俯臨州治，以今之堂址、廟址、祠址按之，地勢甚卑，安能遠瞰，豈宋時山址尚高，其後歲久漸夷而漸下歟。或有鑒於兵禍，故夷而下之歟。否則別有飛樓之屬歟，是皆未可知也。乃若司徒廟中，列祀五神，相傳以爲茅姓。考之南北二史，王琳之死壽春，傳首秣陵，茅智勝等五人實葬其首，頗與廟神數合，但是時南朝之揚州在秣陵，北朝之揚州在壽春，皆非江都，抑亦訛而置之歟。或五人者，曾有宿留於此而得祠歟，抑別有五神者歟，又皆未可知也。堂上有樓，舊祀歐劉諸公，今獨不及劉，是所當增置者。

酒罷擬踏雪訪山後城址，顧風色甚寒，山路又爲雪阻，乃歸。同人即令予詮次席間語爲是堂記。嗟乎！春風幾度，陳蹟何常，予之叨叨，得毋爲山靈所笑耶。

（録自《鮚埼亭集外編》）

作者簡介：全祖望（一七〇五—一七五五），字紹衣，又字謝山，浙江鄞縣人。乾隆元年（一七三六）進士。著有《鮚埼亭集》等。

平山堂記

汪　荃

竊聞山川興廢，何曾埋叔子之碑；陵谷變遷，未嘗没燕然之石。故龍城地遠，柳子祠近劉隱之都；而虎阜勢聯，白公堤在錢鏐之國。蘇家逸興，忽築超然之臺；李氏遺風，不動平泉之樹。尚留餘址，探奇之士足憑吊而興懷；猶見高蹤，好古之流輒追摹而修復。吳頭楚尾看來，淮海實在人間；北固南屏望去，廬陵幾疑天際。宋歐陽文忠公，人歌太守，花看草莽池邊；名重仙翁，墨動龍蛇壁上。環滁盡峰迴路轉，醉嘗亭子以爲歡；背蜀亦領接肩摩，特構堂廉而講學。意其時也，猗歟盛哉！載月二三分，泉籟清泠，六月盛芙蕖之宴；揮毫千萬字，幾回酬唱，一春多楊柳之風。由是廿四橋烟花溢美，更見六一堂竹樹爭妍。螢苑人消，空有秋風春草；迷樓香散，不尋墮履遺釵。楊行密之偏安，吳宮廢矣；徐知誥之割據，唐室遷焉。是以消沉六代繁華，賴文人之鼓鐘而一振；遂令想像十年風景，得名卿之詞話而永傳。真賞堪留，曾和劉原之句；寧馨欲笑，還吟山簡之詩。逮其既遭兵燹，三間敗宇，風雨之剥蝕半之；因而久任荒蕪，一片殘山，廟寺之侵漁甚矣。先儒舊蹟，能不共銅駝於荆棘之中；偉然獨存，賢守清風，却復尋石螭於瀧岡之外渤焉重煥。江流天地，如聞贛江之潮；山色有無，渾識匡山之面。高梧巨柏，堂前拾級宜登；畫棟雕楹，堂後憑樓足眺。左挹文正之袖，耿光千祀，無借義田；右拍安定之肩，休烈萬年，光齊經藝。魏公醉白，雖與金帶同傳；董宅江都，衹與玉杯並峙。皆未若兹巍煥，亭名勝絶於無雙；總弗及其輝光，泉味旁流夫第五。伊人杳矣，心儀畫舫之齋；小子志之，類擬菱溪之石云爾。

（録自《大明寺志》）

作者簡介：汪荃（一六七〇—？），字水村，號木瓶居士，甘泉（今揚州）人。著有《水村集》、《木瓶居士集》。

平山堂記

俞蛟

維揚之有平山堂，猶武林之有西湖也。薄海内外，咸慕其勝，有相距道遠，不獲一至爲恨者。西湖去吾鄉百餘里，六橋三竺，山色湖光，領略殆遍。獨於平山，南北往來，經維揚者再，不獲艤舟而一覽焉。

丙午秋，余有事維揚，主鹽政董蘭坡六閲月。時携小童出天寧門，一望花木扶蘇，亭臺掩映，兩岸叠石爲山，有峰有巒，有岡有嶺，崒屼嶙峋，千態萬狀；而其間之崇樓邃閣，曲沼横塘，竹徑莎堤，花香鳥語，足以供士女之嬉游憑眺者，歷四時而皆宜。余每入其中，於神怡心曠之餘，而歎人巧奪天工至此極耶！

平山高數仞，其上平曠，廣里餘，有廳事數楹，歐陽公讀書處也。右禪智寺，爲今上行宮，翠華巡幸，駐蹕於此。有井深不可測，蓋亭覆之，額曰『天下第五泉』，味清冽，每往，僧必汲水瀹茗以獻，余雖無盧仝之癖，頗亦領其滋趣。其左宛延屈曲，聳如龍脊，則蜀岡也。植梅花千樹，開時瑩白如雪，暗香襲衣袂，仿佛行孤山、庾嶺間，余爲之低徊而不忍去也。

昔人謂：『人生祇合揚州死。』又曰：『天下三分明月，二分獨照揚州。』夫當日之所謂平山堂者，山則培塿，堂不過數椽書屋而已。烏有亭臺花木，掩映扶蘇，極雕繪疏鑿，至十里之修廣。令舞裙歌扇，倚畫舫以呈妍；烏帽青衫，醉芳樽而拄笏。使昔人生當斯世，其留連詠歎，不知又當何如也？余滯跡京華，日鹿鹿於車塵馬跡，欲鼓維揚之棹，再續斯游，勢有未能。慮滄桑多更，勝蹟易湮也，故援筆記之。

（録自《夢厂雜著》卷五）

作者簡介：俞蛟（一七五二—？），字清源，號夢厂，浙江山陰（今紹興）人。嘗官廣東興寧縣典史。著有《夢厂雜著》。

平山堂記

釋海嶽

三十年前，以親友之故來揚州，居常數月。苦以人民城郭、絲竹管絃盈耳溢目，略無逃避。乃聞西北有平山堂者，不遠遐路，遂攜二三友人而往。見山頭松泉清映，竹石鬱然，心目爲之一開。遂狂呌其上，小憩竟日，居人不能忍，相與争鬨而不已。心竊薄之，以爲方外雲鶴者流，奚以樊若籠哉。越三月復往，散步栖靈松陰久之。邂逅二臞，山衣澤舄，從西岡來，蹁躚過予。屬天空雲净，矯首松林，昊然金闕前開，不覺劃然長嘯。而山臞徑前揖予，相拉爲遊至再，因共小立問從來，始晃然。耳昔名而識，所謂品泉構堂，歐陸二公者。歡若平生，相與汲泉瀹茗，不三四杯，即導予緣岡循厓，行至一處，指石若户、若臺、若扃、若旒，松而蜿蜒若虬，輪囷若蓋，苔繡若鋪茵者。敦杖四顧，徜徉樂甚。予時一爲破顔，然非有所眷戀也。自此三十餘年，去在方外，既無從至其上，故公歐陸二公，雖日月摩娑，宛若在目，冀復一見，而不易得。徒咨嗟以爲淮南絶境者，又皆瞥然陳迹矣。但彷彿其左古松翠竹，交相竦峙，上干青霄，下屬江河，有如匹練曳而東趨者，大禹疏鑿之所由來也。復有如天城寶堞，屹立空際而湛然安住者，栖靈之殿觀，若亭若碣也。過此而往，則青冥寥歷，委蹙蛇縮，若起若伏，若滅若没，皆森瀰不可測識，况記之哉。壬申仲春，予以黄山山靈之没役，一笠來揚，客居無事，因爲汗漫之游。於是復登平山，則往之由而造者愈窈窕，林之遶而入者愈深邃，石之怪而刻削者愈玲瓏，松之奇而夭矯者愈屈曲，壁之蘿封而蘚食者愈班剥，花之春而麗、木之秋而實者，芳烈而旖旎。居而高堂曲室，坐而降几明軒，莫不視前有加焉。是日也，節序温和，從者皆能詩，各自爲體。予因憶二公昔年之遇，遂大發其天藏而博觀之。一山之上，左右陟降，無慮十數廻，薄然而東之西遶，長廊廣廡，位置井然。登者再登，臨者再臨，更覺樓觀參差，烟靄縹緲，頃刻異狀。松林磴道，又皆净瑩可鑒，故益奇也。俄而侍者報茶熟，遂置憩六一堂，少選復上晴空閣，則楚水吴山，錯如綺繡，交舞凌亂，推排人座。予方怪其唐突，停杯欲問，忽有片雲冉冉從江外來，衮揮倒抹，瞋息瀰漫。予既欲問忘言，遂失江山所在。

録自《平山寺志》

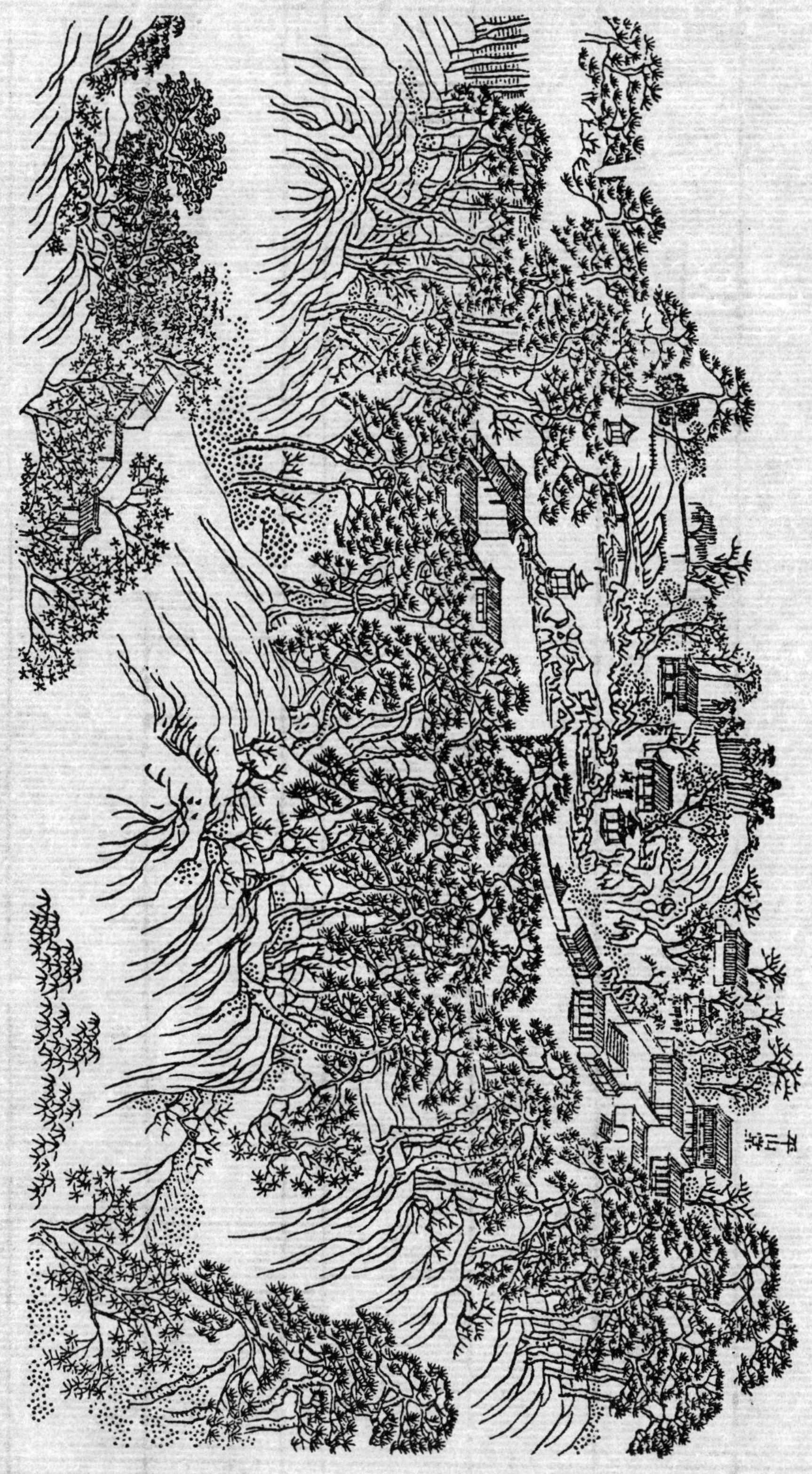

平山堂

洛春堂記

汪應庚

余爲堂於棲靈寺之乾隅，堂之前後檐廡，豁然開朗，而疊石於庭，中爲秀峰層嶂，其上栽牡丹十數叢，露葩風葉，爛漫芳菲，於春暮花時，載酒爲宜。夫造物之娱人也，莫若春；春之娱人也，莫若花；花之娱人也，莫若牡丹。故唐人以牡丹爲花中首冠，又以爲佔斷一春。而宋歐陽公則云：『牡丹出洛陽者獨爲天下第一。』余在洛陽四見春，目之所矚，已不勝其麗焉，是則萬花首冠之中，洛陽之鍾美又爲特異。然歐公又謂天地中和之氣，不宜偏在洛陽，誠通人之論，不可易也。蓋所謂中和之氣者，春是也，故四時獨曰春和。氣未有不中而和者，春和滿天地，豈私於一隅者乎？餘故以花名堂，顔曰『洛春』，以爲花之娱人，處處如洛之春也。

（録自《平山攬勝志》卷七）

作者簡介：汪應庚（一六七八—？），字上章，號雲谷，又號萬鬆主人，安徽歙縣人。因業鹺於揚，遂家揚州。乾隆七年（一七四二）輯有《平山攬勝志》。

雲蓋堂記

汪應庚

雲蓋堂在棲靈寺中，堂凡五楹，其上爲藏經閣，翼以兩廡，凡八間；外爲門，凡三間。雍正十一年，余捐貲創建，越二年告成，而名之曰雲蓋。或有問於余曰：『子取釋氏香雲成蓋之義乎？』余應之曰：『固有取爾也，而不盡取也。』或又問曰：『香爇於鼎，裊而上騰，非雲也，何取爾也？』曰：『子不聞司馬遷《史記》所云乎？「若煙非煙，若雲非雲，鬱鬱紛紛，蕭索輪囷，是謂慶雲。」由是言之，雲可謂之煙，煙可謂之雲，且以釋氏之説推之，非煙亦可謂之雲、可謂之煙；非雲亦可謂之煙，可謂之雲。其不可以有跡拘，不可以有象執也；無非煙也、無非雲也。』或又問曰：『然則，所謂不盡取者，何也？』曰：『香雲成蓋，一室中，氛氳梁棟間耳！其小小者也，獨不聞佛之大雲乎？其函蓋於物也，若圓穹之覆焉。即如大藏經典，火宅之焰、道中之暍，一切消歸何有，皆大雲清凉，布葉開花，遍滿人天者也。庋經於閣，在堂之上，吾取雲蓋名堂何不可？抑又有唐沈雲卿《施香紹隆寺詩》云：「雲蓋看木秀」，亦可以爲僧堂之嘉號也已！』問者欣然而退。

（録自《平山攬勝志》卷七）

竹西草堂記

崔　桐

吾友葉大夫，初號竹西主人，又號省庵主人，間嘗偕東洲崔子宦游三楚，登岳陽樓，泛洞庭，訪君山二妃遺竹，入瀟湘數萬頃，撫琅玕而嘯歌者終日焉。獨恨未得憩主人草堂，對竹西風月共此樂耳。乃今吾兩人俱老矣，主人遜敷林栖，東洲子亦明農東海，頃以避寇客揚，欲申前約，就主人問竹所，主人曰：『吾揚古有竹西亭，今竹與亭俱無矣，堂雖草構，非其所也。』東洲子曰：『主人之愛竹，予既已知之矣。夫竹有目愛、有心愛。目愛者，樂在物，心愛者，樂在理。樂夫物者，有得於外，雖有而若無；樂夫理者，自得於中，雖無而亦有。吾謂主人以竹自命，而復以命省庵，是所謂省焉者，殆無自而不在竹也。竹性直，必自省曰：「吾能矢厥中，矩厥度，以無詭我天真矣乎！」竹中虛，必自省曰：「吾能無塞以茅，無窒以墻，豁然空洞矣乎！」竹中白，必自省曰：「吾能自濯自新，不緇不坌，撤翳揮垢，無蔀我素業矣乎！」竹色正，必自省曰：「吾能肅爾模，端爾範，無巧筆，無諂容，以凛焉莫犯矣乎！」竹有節，必自省曰：「吾能金石之介，冰柏之貞，始終爲不渝矣乎！」竹勢凌，必自省曰：「吾能高尚其志，軼凡脱俗，鳳翔龍躍於千仞之上矣乎！」果有之，是不必延二仲於三徑，而吾心之萬徑固曠如也。不必共詩酒於七賢，而吾心之羲皇日契晤也。』東洲子言未已，主人啞然笑曰：『淵哉，子之立言也。詩云：「他人有心，予忖度之」。夫子之謂乎。子不紀吾蹟而紀我心。淵哉，子之立言也。』

（録自嘉慶《揚州府志》卷三十一）

作者簡介：崔桐（一四七九—一五五六），揚州人（一作海門人）。明正德十二年（一五一七）進士，官至禮部右侍郎。著有《東洲集》。

康山草堂

康山草堂在徐凝門東側，此地本無山，明永樂間，濬河委土於側，隆然成山。傳説明正德中修撰康海因救李夢陽落職，客揚州，構堂其上，禮部尚書董其昌題曰『康山草堂』，遂成名蹟。清乾隆間，『以布衣上交天子』的鹽商江春構爲家園。乾隆南巡時，翠華臨幸，親御丹毫。當時樓臺金粉，簫管烟花，極一時之盛。蔣士銓常主園中之秋聲館，所撰《九種曲》，其《空谷香》、《四絃秋》兩種，皆成於此。道光間，阮元曾居康山。今堂已不存。

重葺康山草堂落成記

吴錫麒

夫肯堂肯構，論作述之緒；某水某山，記釣游之跡。克篤前人，以詔後起。琴書偃息，言依舊居。風煙鬱深，永護喬木。凡疏房檖貌之相承，皆孝子慈孫所有事也。而况韋家别業，清蹕屢邀；嵇公竹林，古人宛在乎。蓋康山者，明康武功海讀書處，而鶴亭主人葺以爲園者也。有林亭之恃，兼水木之饒。列雉所環，一簣隆起。大河相對，群帆翼如。清風被乎林篠，白雲過於巖户。往時高宗南巡，曾俞所請，一再幸焉。迄於今又二十五年矣。天章藻被，御座雲拱。揚榮竦華，罔敢勿恪。然而，土木之陊剥，鳥鼠之穿漏，高臺或傾，芳草如積。不能常新榱桷，無損丹雘，亦其勢也。今嗣文叔，築楹受書，斫輪喻教。經史萬卷，枕葄畢登於心；書畫一船，雲煙不迷於目。慨想先世冀光成模，振四窗八達之才，别十匠九柯之用，庋疏泉石，礬飾煙霞。皓羽彯鱗，還其深曠之樂；壽藤耄柏，發其峭蒨之姿。滌滯宣幽，綿視娛聽，用召群彦，集於草堂，告落成也。

嗚呼！畫堂甲館之遺，琴館吹臺之盛，白日過隙，好音從風，人事一乖，風流頓歇。玆幸文翁石室，不改家基；魏公甘棠，常留勿翦。聚名流於異地，締良會於同岑。歌吹無譁，煙毫有托。茗談甫嘩，敲深竹而吟來；苔坐漸深，抖落花而唱起。其或究八法於書聖，參三昧於畫禪。並效專長，成斯勝集。不有所述，又何以傳。於是合會者二十有二人，鬮其勝景，各賦一詩，俾高君邁庵爲之圖，記者錢唐吴錫麒云。

（録自《有正味齋集駢文續集》卷五）

游康山草堂記

宗元鼎

廣陵康山，舊傳康德涵彈琵琶處。德涵落職後，放游江南，常與妓女同跨一蹇驢，令從者賫琵琶自隨，游行道中，傲然不屑。其山在外城東南隅姚公宅内，故游人罕得至焉。余猶記少時，親知屢約游觀，皆以在宅内，不果。自流離旅食以來，不復問康山游事矣。

順治乙未上巳後二日，郡齋俞公持榼邀余同游，余是日又以冒雨抱疾，不果。孟夏二日，始訪客於康山。爰思里門故蹟，游復何難，而二十年間不能遂登臨之興，始信人生行止，

康山拂檻

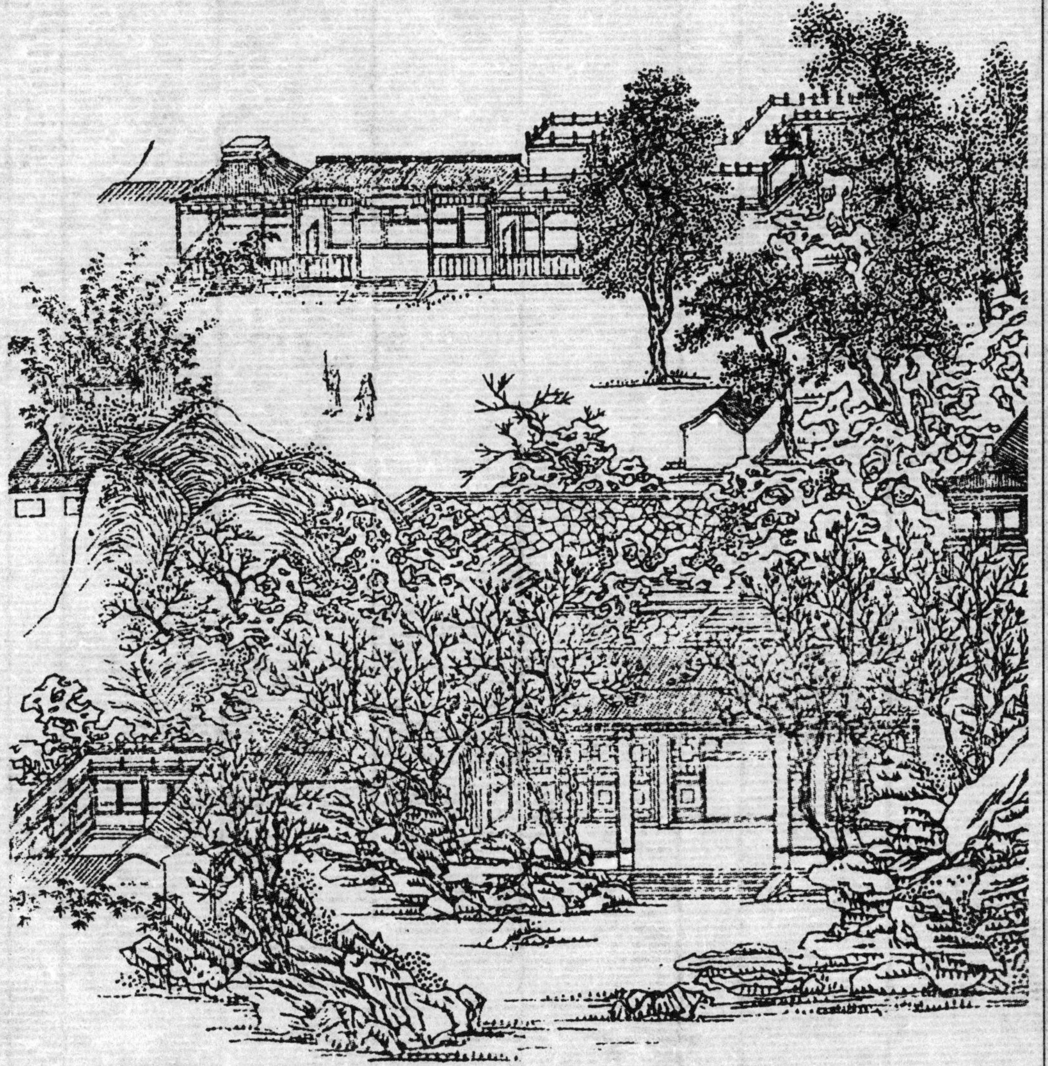

微末亦有定數，可以淡天下人躁競馳逐之興矣。

山方圓僅五畝餘，上有古樹十餘株，周圍迴廊石欄，舊址盡皆頹毀，中央草堂三間頗軒敞。俯視郡城，環抱於前，狀如月池，似有意爲山而設城者。極目平原，曠莽無際，遠則江南金、焦、北固；近則文峰佛塔；外則邗關輻輳，竹西歌館，青樓紅樓之地；内則殷商巨族、高樓宅第、通衢夾道、闤闠市橋之處，俱瞭若指掌間。其視村墟人物、走馬擊築、耕田溉畦、桔橰轆轤、牛羊鷄犬、壘舍廬宿、負販擔肩、車船徒涉，種種瑣細，纖毫備悉。

嗟乎！昔爲康氏之山，今爲姚氏之山矣。康之山不能保其長爲康之有也，而塗者、居者猶呼之曰『康山』。夫琵琶，伶人之伎耳，士君子豪邁之餘，游情末藝，後人猶傳其名以不墜。則世之人苟能出處不愧乎經濟廉節之義，則所傳又豈止一山而已哉！

姚公名思孝，字永言，居翰林，以風範尊於時，是有重於茲山者也。

（録自《江都縣續志》卷九）

作者簡介：宗元鼎（一六二〇——一六九八），字定九，號梅岑，别號小香居士、賣花老人，江蘇江都人。康熙十八年（一六七九）貢太學，部考第一，候選從六品同知，未及仕，即卒。著有《芙蓉集》、《新柳堂集》。

新柳堂

新柳堂原在揚州城西南隅，龔鼎孳題額，清初毀於兵火，乃移至文選樓側，後又遷至東鄉宜陵鎮南，仍以『新柳』爲堂名。距堂數武，又在晋謝安芙蓉舊墅址上辟芙蓉别業，堂後原有草屋三間，修葺後，名『東原草堂』，别有梅花堂，堂前有古梅一株，人稱堂主宗元鼎爲『宗梅郎』。

新柳堂記

宗元鼎

丁亥春，余築室三間於蕪城之西南隅，四維植新柳數十株。每春月婆娑，環亭緑蔭，小窗閑卧，黄鸝百舌，引弄新聲。

堂初成，適奉常龔孝升先生過邗上，時嘯詠其下，爲余榜曰『新柳堂』，兼題一絶句於壁云：『垂楊垂柳古邗溝，三月煙花信客愁。誰記靈和前殿事，青青留得舊風流。』處士徐性之、戚白雲輩俱繪圖以贈。至庚寅夏，會奉常還朝，酒語戀戀，殊不忍别。先生至嵊山道中，復題詩四首郵寄，其一云：『種樹何堪數十圍，風前張緒早依依。啼鶯三月過隋苑，碧草一亭延落暉。築室幽栖消戰伐，攀條遲日惜芳菲。永豐坊角青如昨，玉笛情多不可揮。』其二云：『茅齋風日古堤荒，曾記君家大道傍。愁絶故人兼故國，可堪垂柳復垂楊。青驄客至春酣熟，丹粉窗臨落絮香。一曲烏栖花欲盡，蕪城殘月白如霜。』其三云：『短簫畫角幾回聞，白馬青霞此路分。東閣嘯歌知倍好，北山笱桂豈堪焚。揮絃鼓操狂中散，卧榻看山懶少文。不羨玲瓏朱扇底，章臺風皺縷金裙。』其四云：『種柳人憐折柳時，垂陰夾路綰相思。高樓應憶青簾舫，朝雨難忘白紵辭。天寶草堂詩紀就，建安官渡戰笳悲。君身自是封侯骨，先遣凝妝女婦知。』

自後，至廣陵者輒流連小憩其間。未幾，而陶潛『五柳之徑』，易爲亞夫『七萃之郊』。因之『再卜烏衣』仍稱『鳳伯』，則『新柳』數椽，與蕭梁文選樓僅相距數武，此西安孫子豹人所以有『江南紙貴芙蓉集，文選樓連新柳堂』之句也。既而朝歌未雅，則墨子迴車；交讓爲佳，則張郎再植。壬寅冬，移家於宜陵之南，路接東原，居依謝墅，終以『新柳』名堂，不忘舊也。少司農周櫟園先生時客維揚，有懷余東原新柳堂詩云：『意中常欲到，新柳讀書堂。未是人千里，依然水一方。空江澄客夢，冷月定花香。知爾不能寐，爲予游子傷。』

客有過余者笑謂余曰：『夫一堂也，而三易其地，恐吾郡之平山、清晝、流珠、谷林諸堂，不若是也。』余曰：『噫！子何囿於方隅見哉！昔謝安石布衣時，栖遲東山，作洛下書生詠，一東山耳。今則會稽有之，臨安有之，金陵有之。夫地以人傳，士君子患學術之不精，聞見之不博也，何患乎後人不想慕其風規，景行其節概，争爲名蹟之流傳哉！況兹地即謝安之舊墅也，新柳堂附之不朽矣。』客又笑而謂曰：『審如是，則千年而下，撫兹新柳，知爲謝氏之堂，而非宗氏之堂也！』余曰：『噫！昔長安輞川爲宋之問别業，饒花竹林泉之盛，後王摩詰得此居之。至今過輞川者，無不歎摩詰之爲文人也。又何謝氏之堂而不爲宗氏之堂也哉？』

堂多名流詩句，别匯一編。堂之後有『芙蓉别業』，即宗子讀書處也。

（録自《揚州足徵録》卷二十五）

東原草堂記

宗元鼎

新柳堂之後，先大人遺草堂三間，聊以蔽風雨者也。予既家於此，見其室稍静，遂改爲讀書地，而耕塢老人爲余題曰『東原草堂』。

余性不喜煩，與人對終日即病，或飲酌數夕亦然，或值勢利毁譽之場，幾如溽暑置身於赤日下。此其器，其沉淪於山林巖谷固宜，而移家於窮鄉僻壤亦此意也。其居鄰亦習知余懶。余閑居亦未嘗至柴門外，或客至，或入郡，始一到門，不則數月兀坐堂上而已。昔杜生三十年未嘗出門，孫軫問之，杜指門外一桑曰：『憶十五年前，亦曾納凉其下。』余未嘗不向慕之，惜乎不能也。性最喜書，值兵火無一全帙，然殘編斷簡與古人交，朗誦其佳處，不必問其首尾從來，亦自快人意。生平奮志文場，二十年潦倒困厄，其志近亦衰，然經史策論之書亦未嘗盡棄。有用我者則行，古人四十强而仕，且學漸長，行漸修，庶乎與守忠行恕之道相近，亦不以石隱自許也。世必有捨我，則得之不得有命，亦非吾之過也。

堂之中茶鼎、藥鐺各一，竹几之下有書，階以下亦有花木數株，無餘物也。

（録自《揚州足徵録》卷二十五）

有懷草堂在江都橋墅南，凌元鼐築。凌元鼐，字蔚侯，清初江都人，工詩。

有懷草堂記

魏禧

凌子蔚侯取《小宛》首章之義，題其草堂，曰『有懷』，謁予爲記。凌子曰：『草堂去廣陵城五十里，在橋墅之南。先君子實經始之，未成而卒，已而先母又見背。吾之登斯堂也，如見二人焉，懼夫久而漸忘也，乃以是名其堂。』嗚呼！孝子之於親，見其書册杯棬，仰其榱桷，俯其几筵，莫不愁然有傷於其心，而况始其勤，未享其成？凌子之言，古孝子之志也。

當是時，西南變起，風聲及大江南北，天下益多故。君子以凌子有握粟出卜，集木履冰之戒，欲慎守其身，以無忝其所生，不獨杯棬榱桷之感也。

諸葛武侯曰：『苟全性命於亂世，不求聞達於諸侯。』蓋亦慎之至矣，然卒觀其所就，夫豈苟全性命者所爲哉？《孝經》曰：『立身行道，揚名於後世以顯父母，孝之終也。』吾聞謝文靖公鎮廣陵，既築埭邵伯，爲民贍水患，復置七墅，爲公餘游眺之所，今橋墅其一也。文靖當東晋時，京室阽危，日緩帶高屐，泊然不加喜戚於其心，若優游以終其身者。既而淮、淝功成，處分早定，於晋室有再造之力。凌子居其地，學古賦詩，得毋思其人？

且《小宛》之三章曰：『中原有菽，庶民采之。螟蛉有子，蜾蠃負之。教誨爾子，式穀似之。』其四章曰：『我日斯邁，而月斯徵。夙興夜寐，無忝爾所生。』蓋深悲乎時之過中，懼教誨之無。似有陶士行致力中原，惜分陰之志焉。昔人謂士行結納賢豪，興復東晋，爲不忘其母之教以至此。嗚呼！此善於言懷者也，余故廣凌子之意而爲之記，且以告孝子之不忘其親也。

（録自嘉慶《揚州府志》卷三十）

有懷草堂記

孫枝蔚

余於凌子蔚侯名堂之意有感也。《小宛》之詩所云『明發不寐，有懷二人』者，蓋周之大夫值世亂，兄弟相戒，以無忝所生，詞最懇至。然彼身爲大夫，遇不恤填寡之至，復有握粟出卜之窶，固宜其憂傷至於如此也。蔚侯家號素封，年方妙盛，負才不羈，又能淡然名利之場，此其遭遇、志趣與《小宛》迥別矣。余嘗問其取義，輒嗚咽淚下不能止，云：『是堂經始於先君子之手，規模已具，而未及見其成也。及元鼐始成之，因名焉。』

嗟乎，登斯堂者有不油然生孝思者乎！《書》之《大誥》有云：『若考作室，既底法，厥子乃弗肯堂，矧肯構！』《梓材》有云：『若作室家，既勤垣墉，惟其塗塈茨。』今蔚侯能成先志若此，豈惟無負三百之教，亦於《書》有得者矣。然《大誥》、《梓材》之作當周之盛時，其君臣諄戒且爾，而後世乃有如《小宛》所云，彼昏不知不恤填寡者，合二經觀之，又可以見承家守國之難，有遠倍於開創者也，余且將持是説以告夫世之有位者矣。

草堂在橋墅之大宅後，宅廣可二十畝，草堂之側有亭，前有危石，雜植花木，出則臨湖垂釣，入則彈琴賦詩，仲長統《樂志論》中所稱，殆無所不備，如凌子於斯世又何求乎！

（録自《溉堂文集》卷三）

作者簡介：孫枝蔚（一六二〇—一六八七），字豹人，號溉堂，陝西三原人，後流寓江都（今揚州）。康熙十八年（一六七八）舉博學鴻詞科，以衰老未應試，授内閣中書銜。著有《溉堂集》。

揖峰草堂自記

卞萃文

吾家世居江海間，昔有草堂，名曰『愛江』。乾隆辛亥冬十月於翠屏第三遷，卜迎山橋之余溪居焉。西偏有隙地半畝，可花可竹，復以基勢軒舉，遂營草堂爲游息之地。居既成，一日獨坐，見雙峰屹然峙立，與草堂相拱向，乃喟然曰：『焦公孝然古君子也，何日托跡此山，竟不復出，令人可望不可及耶！』豈公知漢室將傾，人力難挽，而爲此避地避人之事，何昧昧然儕諸外道，寂隱而道術者。抑予曩者登北固，望海門，見狂瀾洶湧，滔滔東下，而煙雲浩渺中突有一峰聳然上出，横截江流，奠安海渤，使數千百里趨下之勢得以瀠洄而約束之。慨然歎是峰砥柱中流，遐想焦公當日處此，誠非漫然托足也。

吾家是洲幾二十年，兩舊居去余溪西北才數武，然於是峰，村林間之或隱或見，總不若今之草堂與峰緊值，登堂而坐隱几，亦山直若賓主之歡狎，嘗於雲消雨霽，日朗風和之際，開軒憑眺，見雙峰飄渺不群之狀，恍若天際飛來，直可揖而進之也。一日與客語及此，客曰：『佳哉！君斯堂曷即於斯取名乎？矧吾子能歎焦公爲古君子，且盛稱是峰鎮定江海，感慨不置，即朝夕面是峰而特揖之，誰曰不宜。予是以定草堂之名。

（録自《瓜洲續志》卷二十一）

作者簡介：卞萃文（一七六八—一八四四），字孚昇，號遜齋，晚號鈍夫，儀徵人。有《卞徵君集》。

深柳堂當在今平山堂、觀音山東南一帶，毁於明末清兵入關之時。《深柳堂記》載清康熙三年（一六六四）《揚州府志》，嘉慶《揚州府志》未收，焦循編入《揚州足徵録》，文字略有改動。現據康熙三年《揚州府志》所載輯入本書。

深柳堂記

阮玉鉉

揚郡城西北三里許有蜀嶺，隋煬帝行宮故址。環嶺寺宇，若觀音、鐵佛、禪智、栖靈、興教、惠照、法海七刹，相望如星錯、珠聯踞勝。西唯栖靈，旁爲天下第五泉。東唯禪智，上有江北第一泉。志載蜀僧汲磵瓢落，後游揚，從嶺井獲遺瓢。斯嶺名蜀，殆仙境云。

栖靈寺前爲古道，排衙種柳，余祖手澤也。道旁有柳數千頭，雜以松、楸、槐、榆，叢篠蘿蔓，難更計數。中有平地五畝，屏北嘉樹數十圍，若笋班羽箵，不紊其條葉，撫疏矗上，泬漻天矯，紅緑斑駁，颯颯無邊而下，殊助人騷屑之思。樹後修竹，佔平地之半，行人呼爲『萬竿煙雨』。余樂此，構堂三間，高則倍丈，廣又倍高，深廊矮闌，雖不雕飾，而丹堊亦具。堂中几、榻皆竹，三面紙屏，讀史有疑，輒書其上，以待高賢相析。西一堂，南牖弘開，北窗洞啓，春夏讀書，帷幌變緑陰，風從寒玉來，切切蕭蕭，忘其身之在炎伏也。東室止南窗，外扇六，内扇二，外疏以承冬陽，内密仍加紵幔，以避夜寒。秋冬或斜陽晚映，或燈火青熒，令人坐卧不倦。西室内複道度一室，别院小榭，護名花數本，室中無長物，琴一、爐一、法帖一。暇時，調氣瞑目其中，或問：『三者有取乎？』曰：『琴不譜曲，心聲也；爐不燃煙，心香也；帖不臨摹，心畫也。』斯室爲余養心，外客不到也。堂前有五丈地，不植花樹，蹲怪石數百，磊磊落落，任繡以細草、苔花。石隅豢鶴一騎，空庭如洗，伴彼霜天曉唳，月夜孤蹤，亦甚□澹也哉！落成，顔曰『深柳堂』。堂東北折，石砌臺，高半仞。臺有軒，豁然四達，面西，迷樓、平山諸勝在几席間。軒背即垂楊古道，三春，開軒遠矚，翠浪瀰天。走馬步春，時女往來道上，香風喧笑，聲度墻内。依稀似語。緑楊深鎖，不知誰家之院。院南數武爲炮山河岸，夾夫渠，紆曲十里，若高心耕『依緑亭』、閻含卿『二分明月庵』、杜禹洲『水月居』、徐幼穆『菊圃』、田書有『萬卷樓』、鄭超宗『影園』，進艇鎮日可週。而西北之景爲甲，長橋煙寺，定水遥岑，酷似元人畫筆。揚故繁華，畫船笙女，四時不輟於此。每亭午艤舟，騷客名士踏軟韆堤頭，尋玉鈎斜者，未嘗不過深柳堂問津焉。斯亦足添主人之詩料哉！主人爲誰？江都阮玉鉉也。

凡此者二十年所，曾念老僧云：『君受此清曠之樂，上帝忌乎！恐長安馬頭塵眯君目也。』余愀然曰：『獻玉疑璞，跧伏此堂二十年，上帝忌余久矣。』居何，明不綱，四郊多壘。家大人命余曰：『國事旁午，郡西氣索。故園楊柳不堪向戰場摇落耳。』余遂先放鶴歸海上，梁飲光、楊方振作《招鶴詩》，有『蓬萊不見當年侶，還向芸窗插架書』之句，次伐木除竹。未幾，爲甲申三月十九日國變，鎮兵南下，樵蘇蹂躪殆盡。

嗟乎！蔭我祖父孫，棄彼豺狼虎，柳負主人乎？主人負柳乎？老僧所云『上帝忌我』者，當在斯矣！今順治辛卯九月，年豐人和，宜緝舊址，而瓦礫成堆，麏鼯爲穴。夢有時到，醒則嚱嘘；身有時經，足爲躑躅。撫今思昔，知幾之哲，我固云然，未免有情，誰能遣此？作《深柳堂記》。

（録自康熙三年《揚州府志》卷二十七）

作者簡介：阮玉鉉，揚州人，與葉彌廣、强惟良並稱『北湖三高士』，《明遺民録》謂其『工書法，曾浪游浙中。聞玉鉉於嚴州子陵祠書「天子故人」四字，後人莫有及者。而郡城所出石碣，亦多玉鉉手書。所著詩詞均有集，今亦不傳。』今旌忠寺藏經樓下東墻嵌觀音石刻，上有阮玉鉉所書跋文。休園『樵水』、『挹翠山房』題額亦出其手筆。

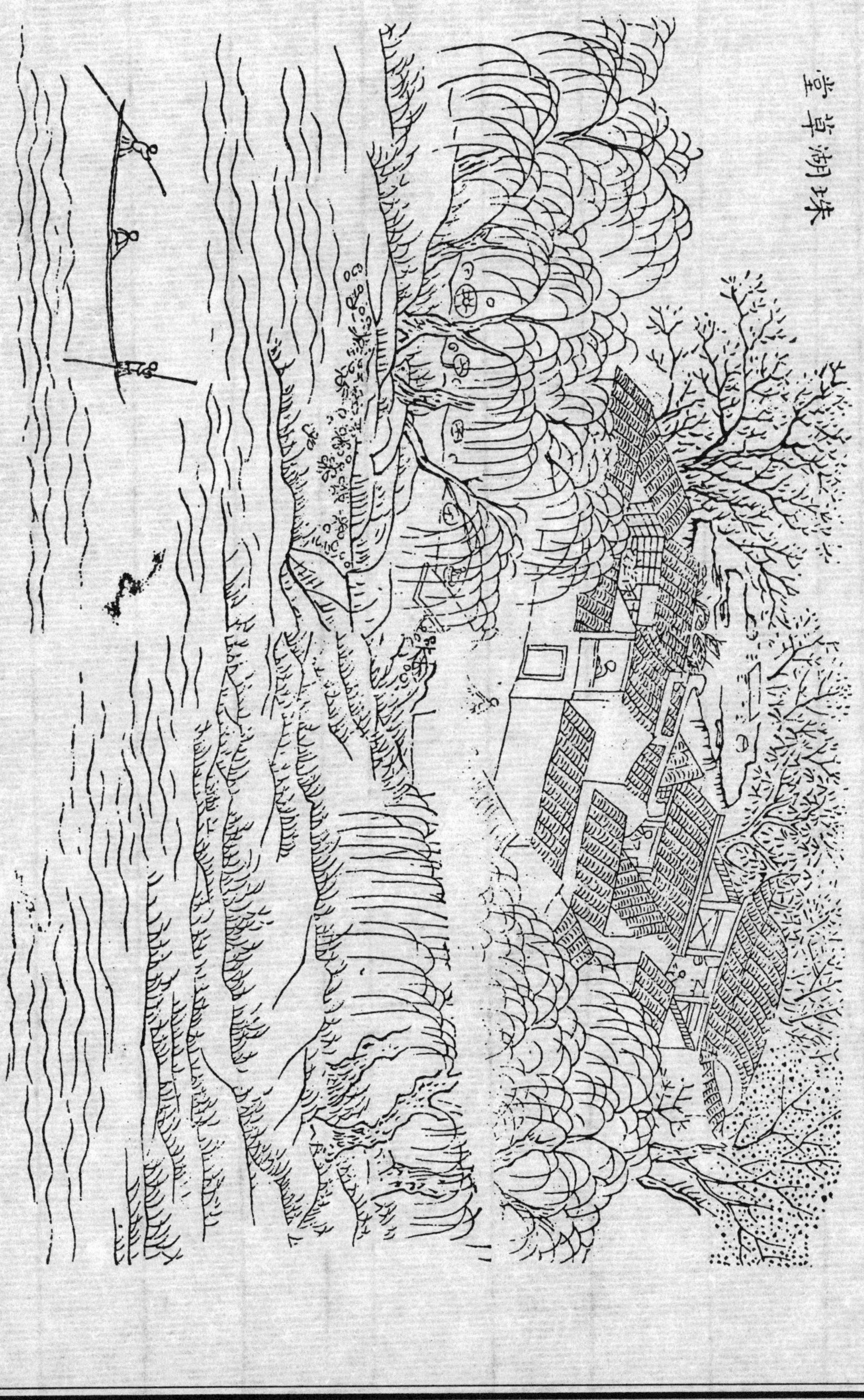

珠湖草堂即萬柳堂，其址在今邗江公道鎮東北，本阮元祖父阮玉堂釣游之地，有三十六陂亭、黄鳥隅諸勝。阮元從弟阮亭以『珠湖草堂』名其《詩抄》、《筆記》。

珠湖草堂記

焦循

珠湖草堂，在公道橋東北八里許，倪家嘴之西，爲阮招勇將軍釣游之地。將軍子光禄公建亭於草堂之後，曰『三十六陂亭』。環莊大渠，曰『漁渠』。亭西高丘，曰『黄鳥隅』。隅下小池，曰『龜蓮沼』。田外水草交處，曰『菱麋』。小舟曰『射鴨船』。其門上有樓，曰『湖光山色樓』。將軍孫中丞公所題也。一時名人多爲八詠焉。

湖中罕見山色，草堂之樓前臨湖水，空闊無所蔽，甘泉山色最近。每當晴霽，隔江京口諸山及西南横、冶、金牛諸山，皆朗然可見。東望露筋祠岸，風帆漁棹，往來不絶。余每乘小艇出廟灣，泛於黄子、赤岸之間，宿草堂中，登樓而歌，相羊不肯去。草堂舊有一石碑，高及人肩，寬二尺許，厚不盈尺，首有穿，兩面皆剥落無一字，似非近代物也。

（録自《北湖小志》卷二）

作者簡介：焦循（一七六三—一八二〇），字里堂，晚號里堂老人，甘泉（今邗江）人。嘉慶六年（一八二一）舉人。揚州通儒，著有《雕菰樓集》、《里堂道聽録》等。

揚州北湖萬柳堂記

阮元

京師萬柳堂者，元平章廉文正（希憲）、趙文敏（孟頫）宴集之地，朱氏《日下舊聞》載之。康熙時，爲馮益都相國之亦園，鴻博名流，多集於此，今改拈花寺。嘉慶十五年，余與朱野雲處士常游此地，補栽花柳，頗致遺眷。道光十八年，予告出都，僧請書匾，爲書『元萬柳堂』四字，此京城東南隅之萬柳堂也。

余家揚州郡城北四十里僧道橋，橋東八里赤岸湖，有珠湖草堂，乃先祖釣游之地。嘉慶初，先考復購田莊，余曾在此刈麥、捕魚，致可樂也。乃自此後二三十年，皆没於洪湖下洩之水，樓莊多半傾圮，幸鸞巢故在。歸里次年，從弟慎齋謂，昔年水大，深八九尺，近年水小，尚四五尺，宜築圍堤。北渚二叔亦以爲然。於是擇田之低者五百畝堤之，而棄其太低者。又慮與露筋祠、召伯埭相對，湖寬二十里，宜多栽柳，以御夏秋之水波。取江洲細柳二萬枝遍插之，兼伐湖岸柳幹插之。且舊莊本有老柳數百株。堤内外每一佃漁亦各有老柳數十株。乃於莊門前署曰『萬柳堂』。可以課稼觀漁，返於先疇，遠於塵俗。數年後，客有登露筋西望者，可見此間柳色也。

今因詠萬柳堂，分爲八詠：一曰『珠湖草堂』，二曰『萬柳堂』，三曰『柳堂荷雨』，四曰

『太平漁鄉』，五曰『秋田歸獲』，六曰『黄鳥隅』，七曰『三十六陂亭』，八曰『定香亭』。此揚州北湖之萬柳堂也。

（録自《北湖續志》卷三）

作者簡介：阮元（一七六四—一八四九），字伯元，號芸臺，佔籍儀徵。乾隆十五年（一七八九）進士，歷官巡撫、總督，謚文達。著有《揅經室集》等

白茆草堂

白茆草堂在揚州北鄉六湖之一的白茆湖畔，清吴康讀書處，今已不存。吴康字少文，監生，工詩文，乃以『白茆草堂』名其《詩抄》。

白茆草堂記

焦廷琥

名勝甘泉之湖，在官湖上岸者六：曰邵伯，曰新城，曰朱家，曰黄子，曰赤岸，曰白茆。黄珏橋在黄子湖南、白茆湖北，橋北有市，市北有白茆草堂，吴少文太學讀書處也。草堂本面東三楹，面南三楹，室中床書連屋，庭間栽梅種菊，圍之以闌。太學吟詠其中，講貫於唐、宋諸名家者，近三十年。所作詩數百首，家君選録之，爲《白茆草堂詩鈔》二卷，刻於嘉慶庚午六月。家君葺徐坦庵、羅然倩、范石湖詞集爲《北湖三家詞鈔》，太學刻之，里中耆舊賴以傳焉。

壬申冬，草堂毁於火，書版盡焚，群花半萎。癸酉之春，重葺面東三楹，兩月而畢。復得譚經論藝，分韻聯吟。其面南處隙地蒔花，廣縱盈畝，雖改舊觀，而宏敞則過之矣。湖村風俗淳厚，相傳宋、元人曾置别業於此，然不可考。順治、康熙間，湖中文酒之會最盛，如文存庵之深柳堂、高蒼巖之湖西别業、張虎臣之水樓，徐、施、畢、范四姓之畬芳社、孫滋九之柳庭，皆極水竹之趣。今百餘年，舊址多不可尋，而前輩之流風遺韻，故老尚言之不衰，則風雅之繫於一鄉，豈淺也哉！余家有湖干草堂，爲先高祖父文生公讀書處，即今半九書塾。家君拓而葺之，於書塾中爲雕菰樓，栢籬紅薇翠竹之亭、蜜梅花館、倚洞淵九容數注易室、木蘭冢、仲軒、花深少態簃，落成於庚午之冬，並作《霜天曉角》八闋，一時和者成帙。

余家去白茆草堂半里，酒盞茶葫，迭爲賓主。太學以草堂新成，屬爲之記。余亦以書塾八詠索和，聞者以爲佳話也，書以志之。

（録自《北湖續志》卷三）

作者簡介：焦廷琥（一七八三—一八二三），字虎玉，甘泉（今邗江）人。著有《蜜梅花館詩文録》。

松竹草堂在揚州粉妝巷中段二十號内，爲尹克中尊人尹潤生讀書處，清光緒十二年（一八八六）建。尹潤生（一八七六—一九四五），名恭壽，清末秀才，工書法，喜吟詠，擅收藏，祖籍丹徒（今鎮江），僑寓揚州。民國年間，重葺是堂，繪圖徵題。今園中圈門尚存，上刻『習静』二字，爲蒙道人（即包契常）篆書。

松竹草堂記

王一夔

三層樓外，宏景栽松；十畝宅前，香山種竹。自古高人逸士，愛隙地而盤桓；可知才子名流，極閑情之瀟灑。慨勞人之草草，孤直爲高；歎世界之花花，堅貞是尚。有草堂焉，建於丙戌，地托邗溝。屋小於舟，此處不今不古；心清似水，其人非隱非仙。蓋丹徒尹小亭者養氣之居，先爲哲嗣潤生先生讀書之處。當其讀書時也，三椽白屋，古風思懷葛之遺；半壁青燈，方夜勵歐陽之課。深得琴書真味，容膝易安；若當風月良辰，賞心未愜。小亭長者，於是呼短童，辟三徑，牽薜蘿而補屋，植松竹以爲籬。懸額草堂，厥名松竹，樹猶如此，人可知矣。

余慕『松竹』兩字之標題，聊記草堂四時之樂趣，當夫春含雨意，雨帶春來，無葉不清，有枝皆秀。龍鱗滴翠，安排詩酒尋盟；鳳翅流青，檢點管弦修禊。時逢長夏，何處清心，樹引

薰風，有聲入耳。人到清涼境界，松健宜人；客疑煙水樓臺，竹深留客。涼月滿地，秋河在天，落落森森，瀟瀟灑灑。看月色何須嫌密，疑有疑無；助秋聲到處成陰，宜晴宜雨。雲封冬嶺，冰結淇園，蒼龍不老，翠袖應單。樹頂風摇，豈是枝枝摩頂；竿頭雪壓，誰敢个个低頭。斯地也亦足以暢叙幽情，斯人也於此間得少佳趣。引人入勝，渾忘世態炎涼；且住爲佳，消受此中清福。壽如松永，歲寒然後知；心是竹虚，此君殊不俗。從此化龍而去，抱盤根錯節之材；知非俗士同群，具履潔立廉之志。

嗟乎！三千界内，有誰不受秦官；廿四橋頭，來者都非個裏。聊應先生之命，安撮數言；愧無逸少之才，勉爲是記。

（録自《松竹草堂集》稿本）

作者簡介：王一夔，字友龍，河北大城人。生平不詳。

松竹草堂記

鮑婁先

尹子潤身，居廣陵城南，其宅旁有堂一所，堂外多植松竹，尹子名之曰『松竹草堂』。春秋佳日，恒與二三知己觴詠於其中。尹子之言曰：『生今之世，與其希榮昧進，爲世之役而不克自由，則不如以隱遁老。吾何志哉，吾將息影於茲堂矣。』今春重葺斯堂，招朋輩，徵題

詠，屬予作文以記之。

予觀夫屋舍之結構，嘉木之蓊蔚，篠簜之敷衍，凡爲歌詩以贈潤生者，類皆敍之詳矣，無可言者矣。顧有不得不與潤生辯者，君子之居於世也，當使天地萬物依於我，而不可使我依於天地萬物。獨居一室，神可游於千載以上，心或包乎萬里之外，如之何而可以長民輔世，則宜胥引爲己任而汲汲籌之。至於隱居之樂，家食之安，豈志士所當計哉！

潤生年未滿三十，顧有瀟灑出塵之想，其立志不可謂不高。然揆諸君子行義之説則似有未洽也。則試爲潤生告曰：使子居是堂讀聖賢書，參究古今中外政治之得失，若庖丁之解牛，得時則行，可以出而爲聖天子效馳驅矣。夫何戀戀於斯而不忍去，使之居是堂而第爲避世計，安家居福，杜門不出，逍遥自得，堂與松竹固幸得有賢主人矣。其如虚生斯世何。請更進一解曰：吾願斯堂之爲武侯廬，而不願其類於處士墅也。吾願松竹之類於陳氏階下草，而不願其等於陶徑菊也。尹子其以予言爲然乎？吾之告尹子者如是而已矣。

（録自《松竹草堂集》稿本）

作者簡介：鮑婁先（一八七五—一九五八），名奎，字星南，安徽歙縣人，先人業鹽於揚，遂家揚州。歷任中學國文、圖畫教師，江蘇省文史館館員。

松竹草堂記

鮑庚

壬寅仲春，尹子潤生手所作松竹草堂詩見示，且命予爲之記，予辭之不獲，乃濡筆而記之曰：

松竹草堂者，蓋尊甫小亭先生所建，而尹子之讀書處也。先生居城南，宅傍有隙地，約廣二畝許。光緒丙戌年，構屋三椽，窗外植松數株，竹百竿，因地布置，不假修飾。潤生承父訓，讀書其中，几榻蕭條，經籍縱横，澹如也。今春乃拓本徵題，且將葺而新之。予以是堂者非有素湍緑潭之觀，繡栭雲楣之麗，開軒臨山之勢，列窗瞰江之盛。第青枝拂雲，緑陰匝地，飛來佳禽，鳴聲相和，其真趣抑猶有可觀者。尹子性平易，與人無城府，然觀所作詩，似有蟬蜕塵埃，超然霞舉之想，故説者往往以松竹之貞勁比方之。雖然，予則未敢雷同附和而貢諛於尹子也。

范希文曰：『居廟堂之高，則憂其民；處江湖之遠，則憂其君。』又曰：『先天下之憂而憂，後天下之樂而樂。』方今四裔跋扈，規佔我膏腴，虔劉我邊陲，薄海鼎沸，上廑帝思。而貪墨之吏，夤緣納賂，曾不思少盡其職。尹子之志，其與佩金章，行紫綬，饕富貴，而冒道家之忌者，殆有異矣。然竟守此數椽，徜徉其間，獨樂其樂，而天下理亂，概置弗問，是豈所望於尹子哉，是亦豈尹子自待之心哉。

（録自《松竹草堂集》稿本）

作者簡介：鮑庚，生平不詳。

迂隱堂記

文治

吾鄉南郊，舊有迂隱園，爲前明葉侍郎迂湖退休之地。數百年來，遺蹟杳然。或謂園臨大河之濱，因濬新河，故毁之。然究無可考，而邑志猶載之甚詳。侍郎裔孫襄墀上舍，霜林先生猶子也。嘗求園之故址而不可得，遂構屋數椽於茱萸灣之東，顔其堂曰：『迂隱』，蓋不忘祖德云。迎其貞壽祖太夫人暨母夫人就養其中。宅畔多種花爲業者，每當春秋佳日，偕其子若弟。奉板輿遍游於諸種花者家。江島溪雲，時爲孝子順孫養志之助，以之爲隱，迂乎？否乎？乃者祖太夫人年逾百齡，猶康强逾疇昔，客有登堂拜母者，咸爲之睹光儀焉。洵盛事也，是不可以不記。

（録自《廣陵思古編》卷七）

作者簡介：文治，字舜敷，號篔谷，清江都人。布衣，工詩及小楷。生平廉謹端方，士林重之。

竹溪草堂

竹溪草堂在寶應射陽湖濱，今已不存。李藻先築。李藻先，字素臣，號訥庵，清順治十四年（一六五七）舉人。其父李茂英（一五六八—一六三五），字君秀，明萬曆三十八年（一六一〇），與錢謙益爲同科進士，官至通政使。清康熙三年（一六六四），李藻先家居與縣令郎秉中有隙，遂與其互訐，令更窘辱，李藻先不勝憤懣，發背疽而逝，邑人皆爲歎息。著有《湖外吟》、《南游草》、《甲申草》等。

竹溪草堂記

錢謙益

去寶應百里而近，射陽湖之東，竹溪草堂在焉，李子素臣所卜築也。濱湖之地，平田息壤，規方數千里，有潮汐以聚其氣，有沮洳以流其惡，有稻蟹魚菱以脂其膏。風迴水襄，土沃民淳，堂之所宮宅也。堂枕箕山之隈，箕山，隋山也，蜿蜒奔屬，下飲於湖。堂依山架構，房廊廻複，亭池高下，山若委蛇盤折，以相映望。湖光山色，錯互穿漏。窗櫺几席，依約浮動。灌木千章，榆柳雜蔭。修竹萬竿，煙啼露壓。此溪堂之所由名也。

李子薄游燕、趙，憑吊陵市，毀車束馬，結隱挫名。覽斯山也，陵阜延亘，草木蒙籠，部婁隱蔽，豈其上有許由冢乎？臨斯湖也，朝而浴日焉，夕而浴月焉，咸池、丹淵，猶在吾池沼乎？長竿切玉，明玕四照，撫母笋於龍材，拂霜根之稚子，將無湘淚猶斑，而嶰管未艾乎？佳日清陰，攤書雒誦，天寒日暮，倚薄長吟。山陽之巨源，慚其把臂，東海之巢父，終焉掉頭。斯所以風世五君，接響六逸者也。

嗟夫！此世中洞天福地，去人間不遠。羽人之丘，君子之國，亦猶是桑麻鷄犬之區也。往者舟車南北，渡長淮，浮甓湖，疏觀其流泉夕陽，意必有神皋周原，藏育其中，今果然矣。燕南陲，趙北際，中間如礪。可避世者，公孫瓚之五樓也。仇池之穴，潛通小有，氐羌之所竊據也。佛言世間深山曠野，聖道場地，世間粗人所不能見。安知窪下之壤，蛙黽之居，非造物所秘恤。以詔世之靈人開士耶？一間茅屋，送老白雲，吾將從李子授一廛爲菟裘焉。而先爲之記，俾朱書刻之竹節。他日杖藜欵門，或如張薦逃匿竹中，不我見也，則以此文爲征。乙未嘉平月記。

（録自《牧齋有學集》卷二十六）

作者簡介：錢謙益（一五八二—一六六四），字受之，號牧齋，又號蒙叟，江蘇常熟人。明萬曆三十八年（一六一〇）進士，歷官吏部侍郎、禮部尚書。入清，授禮部侍郎。著有《牧齋有學集》，與吳偉業、龔鼎孳並稱『江左三大家』。

樓記

真賞樓 真賞樓在平山堂後，清康熙十四年（一六七五），金鎮、汪懋麟共建，取歐陽修『遥知爲我留真賞』句義以名樓。十六年重修，游人宴集，多在斯樓。今谷林堂後西墻圈門尚有鄧石如篆書『真賞』石額。

真賞樓記

朱彝尊

平山之堂既成，越明年，中書舍人汪君季甪拓堂後地，爲樓五楹，設栗主以祀歐陽永叔、劉仲原父、蘇子瞻諸君子，名曰『真賞』之樓。蓋取諸永叔寄仲原父詩中語也。君既爲文勒堂隅，識落成之歲月，請予作斯樓記，於是樓成又逾年矣。方山陰金公將知揚州府事，實期予適館，既而予不果往。及聞堂成之日，四方知名士，會者百人，多予舊好，咸賦詩紀其事，顧予獨客二千里外，不獲與，私心竊悔且憾。

回憶曩時客揚州，登堂之故址。草深數尺，求頹垣斷砌所在，不能辨識，愾然長喟，謂茲堂之勝，殆不可復睹。曾幾何時，而晴欄畫檻，忽湧三城之表，且有飛樓峙其後。既感廢興之相尋，復歎賢者之必有其助也。當永叔築堂時，特出一時，興會所寄，然春風楊柳，蓋別久而不忘。子瞻三過其下，悵仙翁之不見，至題詞快哉亭，尚吟思此堂未已。即永叔亦感仲原父能留其游賞之地，賦詩遠寄。是當時諸君子，未嘗一日忘茲堂可知已。肇祀焉庶其馮依而不去者與！堂之廢，自世人視爲游觀之所，可以有無。守是邦者，或不爲葺治，至於日圮，理固然也。

試登是樓，見永叔以下，凡官此土有澤於民者，皆得置主以祀。後之君子，必能師金公之遺意，克修前賢之蹟，則是斯樓成，而平山之堂始可歷久不廢，足以見汪君之用意深且遠也。予雖不獲覩堂落成，與諸名士賦詩之末，猶幸勒名樓下，附汪君之文並傳於後，亦可以勿憾矣夫！

（録自《平山攬勝志》卷四）

作者簡介：朱彝尊（一六二九—一七〇九），號竹垞，秀水（今浙江嘉興）人。康熙十八年（一六七九）舉博學鴻詞，授翰林院檢討，充《明史》纂修官。著有《曝書亭集》等。

景賢樓記

李兆洛

揚州鹽運司公廨，隙地甚曠，相傳包漢江都王相董子仲舒故宅而爲之，有井曰『董子井』。

明初，運使何士英亭其井，建董子祠於前，自後屢有遷移，大抵皆在旁近，記具州志，年久而圮。隆慶中，運使徐衍祚渫其井，新其祠，榜之曰『慎德書院』，碑尚立井上。明之季，楊節愍公振熙，官運副，史忠正公開閫揚州，才之，奏擢都轉，留共守，忠正殉城死，節愍從焉。其家口男女十數，皆赴董子井以死。亂定，人來汲飲者爲之冪其上如冢，後遂訛爲董子衣冠冢，構屋以祠，置神位於冢巔。

國朝乾隆四十八年（一七八三），運使倉聖裔以形家言，廨右地空闃，氣散則財不聚，乃建祠於中，又構巍樓五楹，兩淮鹽政伊齡阿題其樓，曰『景賢』，以適董子祠前故地，有記勒石堂中。祠故有畫像，曰『董子像』，移像於樓而祀之。道光二年（一八二二），運使錢寶甫視所畫像緋袍而鶴補，乃明時衣冠，以爲當是節愍遺像，乃旁稽志乘，以樓祀節愍而爲之記，勒石題襟館前，而董子祠如故。道光十七年（一八三七），桐城姚君瑩以廉慎綜練權運使事。謁祠下，訝其神位安置非所，因移位於中，發其冪而井見，寒泉泓然，然後知毅魄所在，人不敢褻而爲此也。爲移祠堂稍前，空其屋，爲井欄，樹碣焉。節愍之像持之有據，從死之跡又昭然著見，則節愍之祀於斯樓宜矣。而井復爲井，去其訛，存其實，董子之祠亦復於古。

夫英靈之氣，薰蒿昭明，久而必發，而祀典所舉，昒爽暗昧，或疑於其義，必有人焉。以其祇肅純懋之誼，穆熙端懿之誠，爲迎而存之，釐而秩之，而後鬱者以宣，疑者以晰，兹祠兹樓兹井，至今而照燭爛朗者，固因乎其時，抑亦幸遇乎其人也，記之以詔來者。

（録自《續纂揚州府志》卷五）

作者簡介：李兆洛（一七六九—一八四一），字申耆，晚號養一老人，陽湖（今武進）人。嘉慶十年（一八〇五）進士，嘗授安徽鳳臺縣知縣兼理壽州事。後致力於史地之學。著有《養一齋文集》等。

看山樓記

徐用錫

維揚馬君嶰谷及難弟涉江，英年嗜學好古，與其友汪子祓江搜揚幽遐，重雕宋槧將湮廢之書，修治别業，貯經史子集及法書名畫，藝林所稱爲『小玲瓏山館』也。

今年夏，祓江舟行五百里訪余，談次述馬君於山館左右掘井泉，蒔花竹，翼以軒楹，前起小樓，匾之曰『看山』，蓋取唐姚秘監題田將軍宅『近砌别穿澆藥井，臨街新起看山樓』句，欲得一言以爲記。

余迂陋無似，獨愛看山與居閑趣寂爲宜。馬君處煙花迷離之場，可娱目者何限，而喜看山乎？詢其所看之山，祓江笑曰：『過江山色亦雲煙杳靄間，取其意而已。』余曰：『有是哉！看山一也，得其形不若得其意。得其形以山爲主，而看者遇焉，則有局乎山者；得其意以看者爲主，而山會焉，則有進乎山者。不識廬山真面目，衹緣身在此山中，得其形者似之；采菊東籬下，悠然見南山，得其意者似之。』憶余平生途次所看之山，自齊魯至燕，出居庸，比抵晋，由趙、魏歷襄、荆，鄖西界蜀，過嶺南逼粤西、黔中矣。若往游可指數者，如京師之西山、房山，保陽之葛公山，黄州之赤壁樊山，襄之峴萬鹿門龍山、習家池山，永州磨崖刊中興頌之浯溪山，柳州作記之鈷鉧潭西山。秀奥若新安之黄山，壯偉磅礴若武當。五嶽陟巔者二：曰泰、曰衡。徐泗、吴越近地不與焉。歸八年矣，終歲兀然一編，盤旋一畝之宫，宅旁隙地，兒子種竹木，十五年鬱然成林。擬構小草閣，西北六十里外望邳之岠山，卒以貧不就。雖遠山一簇，不能爲我有也。於馬君之所起，能無慨於中乎？

雖然，余平生所看者多矣，曾無一能爲我有，何必岠山？若高下遠近，淺深清曠，誇坦秀奥瑰詭之狀，其賞心盡在閉目時，則凡平生所看者，俱爲我有，而岠山烏足道哉！人心之無定也，局乎中而蔽於前，一拳可以障泰華，中有所得，而觀其會通，方寸可以運五嶽。我與馬君得其觀之者，則進乎山矣！得其所以觀之者，又進乎觀矣！於己取之而已。聖人象兼山而名卦，陽上陰下，止其所當止，而極乎静。體立而用行，艮其背，所云者廓然而大公也；行其庭，所云者物來而順應也。馬君不獨笑余昔之局於形也，而且有會乎意之表，怡神定性以與道俱，則其所看者遠矣。詩曰：『高山仰止』，心向往之矣。

（録自《揚州足徵録》卷二十五）

作者簡介：徐用錫（一六五六—一七三七）尚在，字壇長，號晝堂，江蘇宿遷人。康熙四十六年（一七〇七），寓揚州郡署，四十八年（一七〇九）進士，官至翰林院侍讀。著有《圭蓋堂集》。

叢書樓記

全祖望

揚州自古以來，所稱聲色歌吹之區，其人不肯親書卷，而近日尤甚。吾友馬氏嶰谷、半查兄弟横厲其間。自居之南，有小玲瓏山館。園亭明瑟，而巋然高出者，叢書樓也。迸疊十萬餘卷。予南北往還，道出此間，苟有宿留，未嘗不借其書。而嶰谷相見寒暄之外，必問近來得未見之書幾何？其有聞而未得者幾何？隨予所答，輒記其目，或借鈔，或轉購，窮年兀兀，不以爲疲。其得異書，則必出以示予。席上滿斟碧山朱氏銀槎，侑以佳果，得予論定一語，即浮白相向。方予官於京師，從館中得見《永樂大典》萬册，驚喜，貽書告之。半查即來問寫人當得多少？其值若干？慫恿予甚鋭。予甫爲鈔宋人《周禮》諸種，而遽罷官。歸途過之，則屬予鈔天一閣所藏遺籍，蓋其嗜書之篤如此。

百年以來，海内聚書之有名者，崑山徐氏、新城王氏、秀水朱氏，其尤也。今以馬氏昆弟所有，幾幾過之。蓋諸老網羅之日，其去兵火未久，山巖石室，容有伏而未見者，至今日而文明日啓，編帙日出，特患遇之者非其好，或好之者無其力耳。馬氏昆弟有其力，投其好，值其時，斯其所以日廓也。

聚書之難，莫如讎校。嶰谷於樓上兩頭，各置一案，以丹鉛爲商榷。中宵風雨，互相引申，真如邢子才思誤書爲適者。珠簾十里，簫鼓不至，夜分不息，而雙鐙炯炯，時聞《雒誦》，樓下過者，多竊笑之。以故其書精核，更無訛本，而架閣之沉沉者，遂盡收之腹中矣。

半查語予，欲重編其《書目》，而稍附以所見，蓋仿昭德、直齋二家之例，予謂鄱陽馬氏之考經籍，專資二家而附益之。黄氏《千頃樓書目》，亦屬《明史·藝文志》底本，則是《目》也。得與石渠、天禄相津逮，不僅大江南北之文獻已也。馬氏昆弟其勉之矣！

（録自《鲒埼亭集》）

隋文選樓爲隋曹憲注《文選》處。其址在今毓賢街（一稱太傅街），清乾隆間阮元構宅併建家廟於此，有樓三楹，奉憲栗主。樓外西垣門額『隋文選樓』四字，爲鐵保書，以區別相傳梁昭明太子蕭統之文選樓。此碑後移至高旻寺，筆者曾親見。民國十年（一九二一），康有爲游揚州，曾以小門生禮謁阮元家廟。

揚州隋文選樓記

阮元

揚州舊城文選樓、文樓巷，考古者以爲即曹憲故宅，《嘉靖圖志》所稱『文選巷』者也。宋王象之《輿地紀勝》於揚州載文選樓，注引《舊圖經》云：『文選巷即其處也。煬帝嘗幸焉。』元案新、舊《唐書》：曹憲，江都人，仕隋爲秘書學士，聚徒教授，凡數百人，公卿多從之游。於小學尤邃。自漢杜林、衛宏以後，古文亡絶，至憲復興。煬帝令與諸儒撰《桂苑珠叢》，規正文字。又注《博雅》。貞觀中，以宏文館學士召，不至，即家拜朝散大夫。卒，年百五歲。憲始以梁《昭明文選》授諸生，而同郡魏模、公孫羅、江都李善相繼傳授，於是其學大興。羅官沛王府參軍事、無錫丞。模，武后時爲左拾遺。模子景倩，官度支郎，及曹君門人句容處士許淹，皆世傳其學。善見子邕傳。又《李邕傳》云：『江都人。父善，有雅行，淹貫古今，不能屬辭，人號「書簏」。官太子内府録事參軍，顯慶中，累擢崇賢館直學士，轉蘭臺郎兼沛王侍讀。爲《文選注》，敷析淵洽，表上之，賜賚頗渥。除潞王記室參軍，爲涇城令，坐與賀蘭敏之善，流姚州。遇赦還，居汴、鄭間講授，諸生四遠至，傳其業，號『文選學』。善又嘗命子邕，北海太守、贈秘書監，補益《文選注》，與善書並行。』又《藝文志》載曹憲《爾雅音義》二卷、《博雅》十卷、《文字指歸》四卷、《桂苑珠叢》一百卷，李善注《文選》六十卷、《文選辨惑》十卷，公孫羅注《文選》六十卷，又《音義》十卷，曹憲《文選音義》幾卷。

元謂古人古文小學與詞賦同源共流，漢之相如、子雲，無不深通古文雅訓。至隋時，曹憲在江、淮間，其道大明。馬、揚之學，傳於《文選》，故曹憲既精雅訓，又精《選》學，傳於一郡。公孫羅等皆有《選》注，至李善集其成。然則曹、魏、公孫之注，半存李善注中矣。憲於貞觀中年五百歲，度生於梁大同時，爾時揚州稱『楊一益二』，最殷盛。文選巷當是曹氏故居，即今舊城旌忠寺文選樓西北之街也。今樓中但奉昭明栗主，元以爲昭明不在揚州，揚州選樓因曹氏得名，當祀曹憲主，以魏模、公孫羅、李善、魏景倩、李邕、許淹配之。《唐書》於李善稱江夏人，而《李邕傳》則曰江都人，蓋江夏乃李氏郡望。《唐韻》載李氏有江夏望。《大唐新語》亦稱江夏李善。李白詩亦稱江夏李邕。是善、邕實江都人，爲曹、魏諸君同郡也。唐人屬文尚精《選》學，五代後乃廢棄之。昭明《選》例以沈思翰藻爲主，經、史、子三者皆所不選。唐、宋古文以經、史、子三者爲本。然則韓昌黎諸人之所取，乃昭明之所不選，其例已明著於《文選序》者也。《桂苑珠叢》久亡佚，間見引於他書，其書諒有部居，爲小學訓詁之淵海，故隋、唐間人注書引據便而博。元幼時即爲《文選》學，既而爲《經籍纂詁》二百十二卷，猶此志也。此元曩日之所考也。

嘉慶九年，元既奉先大夫命，遵國制立阮氏家廟，廟在文選樓、文選巷之間，廟西餘地先大夫諭構西塾以爲子姓齋宿飲餕之所，元因請爲樓五楹，題曰『隋文選樓』。樓之上，奉曹君及魏君、公孫君、李君、許君七粟主，樓之下，爲西塾。經營方始，先大夫慟捐館舍，元於十年冬哀敬肯構之。越既祥，書此以示子孫，俾知先大夫存古蹟、祀鄉賢、展廟祀之盛心也。元謹記。

（録自《揅經室集》二集卷二）

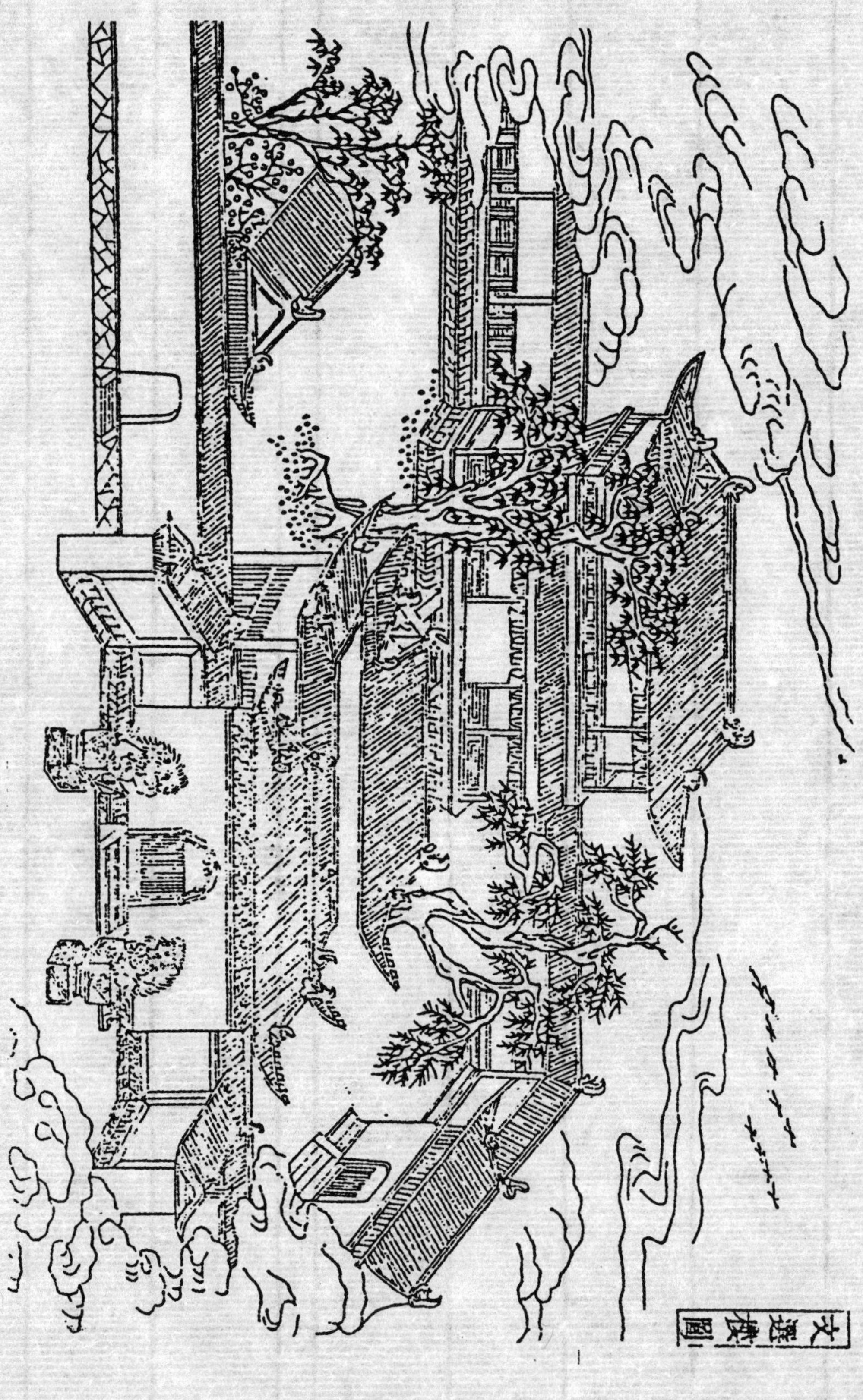

江淮勝概樓

江淮勝概樓在古瓜洲鎮，與鎮江隔江相望，明正統十三年（一四四八），工部侍郎周忱建，清代塌入江中。清郭士璟、王豫、石鈞等人曾登斯樓並有詩。

江淮勝概樓記

王　英

正統十三年戊辰冬十月，予升秩尚書，赴南京，過維揚，知府韓侯語予曰：『瓜洲江淮勝概樓，工部侍郎周公作也，肇工歲丁卯秋，逾年而成。瓜洲，東南大鎮，閩浙諸郡與海外番國遣使貢獻朝廷、差遣使臣暨漕運商旅之舟皆由瓜洲際江。逐利者渡以小舟，風濤洶湧，多致覆溺。公造二巨艦，以善舟者載以渡之。又屬之民趙珣作石堤，瞰出江岸，以艤舟登岸者便之。然舟無候館，或風逆雨暴、水溢潮湧，行者叢立於堤，相視愕然，咸有憂色。公建樓五楹，枕於石堤，上辟窗牖，中置几榻，以處使客貴游之士，下通其中，爲路其旁，以息行旅，其後置厨爨，以便其飲食。凡渡江者遇險則止，無復憂恐，而登樓者可縱目一覽山川之勝，遂名樓曰「江淮勝概」。敬以請記。』

明年己巳，今上嗣大寶，予走朝賀既還，與巡撫淮甸吏部尚書趙公、巡按監察御史蔣公相遇於揚，因往鎮江及瓜洲，登樓四望，大江南來，浩渺無際，金山峙於中流，而京口諸峰羅列如屏障，景物之盛，舉在目前，竊思古之君子善於爲政者，凡利民之事，大小必爲之。三代之時，道路津梁，舟車館舍，賓客之所寄寓，舉皆有備。周公巡撫南甸，經理財賦，國用充羨，生民安富，上下蒙其利，凡二十年矣。而造舟作樓，特餘事耳。人大受其惠，如此君子哉，善於爲政者也。時揚之官屬咸在，韓侯進曰：『敢請書以記於樓。』遂爲之書。公名忱，字恂如，江西吉水人，永樂甲申進士，以翰林庶吉士擢秋官主事，累陞侍郎，今拜工部尚書。趙公名新，富陽人，自工部主事，累官至尚書，剛直有爲。蔣公名誠，大庾人，縣令陞御史。韓侯名宏，閩中人。

錄自《瓜洲續志》卷八

作者簡介：王英（一三七六—一四五〇），字時彥，江西金溪人。明永樂二年（一四〇四）進士，歷官四朝，官至禮部尚書，謚文安。著有《泉波集》。

大觀樓

大觀樓在瓜洲城南，明萬曆七年（一五七九），揚州府同知邱如嵩建，清順治間毀於火。康熙元年（一六六二），江防同知劉藻重建。歙人吴家榜在其舊址構別墅，即吴園。乾隆南巡時，幸莅此園，賜名『錦春園』，並書『竹净松蕤』匾。咸豐間毀於兵火。明程嘉燧、清杜濬、法重正、吴錫麒、查慎行等人曾先後登斯樓並有詩。

重建大觀樓記

劉藻

瓜洲，鎮也，然有城，知斯城之爲要地。瓜城之東南西北皆具樓櫓也，然東南隅別有樓，名『大觀』，知斯樓之爲勝地。

余以庚子歲來揚分守兹鎮，值兵燹之餘，城已頹塌崩圮，詢樓所在，則僅存故址而已。緣城非郡邑，歲修無額設，故艱於上請，或請多弗應，以故前此雖知爲急務，咸歎息而去。余至是，方申請議修，會大司馬中丞林公、備兵使者杜公臨江，周城閲視，則詫曰：『此要地也！爲南北一綫之咽，豈直兩淮門户，曷不堅爾城。』於是，具題揚屬捐俸修理。余蒙委董是役，以孟春之吉鳩工，今孟夏竣事，城堅完而江防之形勢乃備。因謀還斯城之舊觀，則莫若大觀樓者。

蓋長江萬里，如帶如縈，其上則三山巍峨，龍虎之所盤踞也；其下則三江浩瀚，奔濤赴海，日月之所吞吐沐浴也。當前潤城諸山，屏立笋茁，相就如几案間物，以至煙嵐晴霞之變現，風濤之洶湧，雲樹之出没，其勝無不畢萃。思昔人作籌邊樓閣，山川道里於壁，孰若斯樓之不假圖繪，指點形勢已在目前，或閲樓船，試戰士，坐論之頃，於以消鯨波而致晏，蓋不獨恣其游覽，吟風醉月而已也。

余初以城工之艱其上請也，未計大觀樓之費，特自捐俸金，爲廳三楹，廳前作小卷三楹，蓋未能建層樓也。崇其臺以爲之基，其規模高闊，略與舊等，凡名流題詠匯置於壁，以語鎮之紳衿耆老，咸悦曰：『能如是，是亦足成勝地矣！』因鑱石而爲之記。

録自《瓜洲續志》卷八

作者簡介：劉藻，遼東蓋州人。清順治十七年（一六六〇），官江防同知。

重建瓜洲大觀樓記

王士禎

自荀中郎鎮京口，登北固以望三山，發縹緗凌雲之歎，聞其語想見其地，而思褰裳濡足者多矣。所謂凌雲亭者，在北固多景樓側，地既逼隘，又傾圮不治，予嘗登而歎息之，若瓜洲城南隅之大觀樓舊矣。至順治十六年，海舟入犯毀於火。

康熙元年，防江郡丞劉君以江海多事，奉開府監司檄，修治城堞，增治樓櫓斥堠。因慨然規樓舊址，經營重創，三月而畢役。宏麗高明，倍於疇昔。既落成，俾予記之。竊嘗考諸傳記，潤州當天下精兵處，由金陵左顧則武昌、九江，右顧則京口。自漢末以來，皆爲豪傑之所必争，兵家所謂如率然首尾相應，天下有事，各屯重兵，相爲犄角。而京口尤當南北綰轂，襟江帶海，號稱北府。故守金陵，必先京口，譬藩籬之衛堂奥也。揚、潤相距不五十里，片帆可達，而瓜洲扼其衝，隱然爲重鎮，舊設操江都御史行臺，又設江防分府而治。近且開都督府，增督鎮三營兵將屯守。其地與京口都統大軍相望爲聲援，故守京口必先瓜鎮，譬手足之捍頭目也。

己亥之歲，海氛盡熾，潤州不守，瓜洲繼陷。艨艟之屬，崇明、孟河以至金陵、皖口、黄梅之間，所在蜂屯，揚帆往來如門庭然，罔或一矢加遺者。賴王猷允塞，督府協力，武臣用命，旬月之間，恢復京口、瓜、儀諸城，餘孽宵遁，江海復寧。然猶廑主上宵旰之憂，命重臣率八旗禁旅星馳電掃以奠南服，其所安全者固大，而其爲震赫亦已多矣。向使得如君數輩分布江南北，修城堞，治樓櫓，嚴斥堠，凡所謂綢繆陰雨者無或不至，長江天塹，寇能飛渡乎哉！今海上無事，江淮間號稱小息，而君猶殷然爲苞桑之慮。又以其餘重建斯樓，以爲宴游嘯詠之地，其功德固足多，而其風流尤足志也。

嗟呼！當軍興旁午之際，羽檄交馳，雖有江山之勝，風日之佳，游觀眺聽之美，賓佐僚屬，相顧憂悒，若不終日，又安能肆其心志，而發舒於詩歌文章之間？今日戰守備具，海波不揚，余與君以暇日登斯樓也。俯江流望南徐，北指廣陵，西眺建康，山川秀色，如可攬擷，五州之勢，若指諸掌，不亦可樂而忘其憂乎！余先成七言詩二章，君與監司杜公繼作，各鋟諸石，以紀歲月興廢之由。杜公諱漺，丁亥進士，山東濱州人。君諱藻，遼東蓋州人。

（録自《瓜洲續志》卷八）

扬州名园记

大观楼图

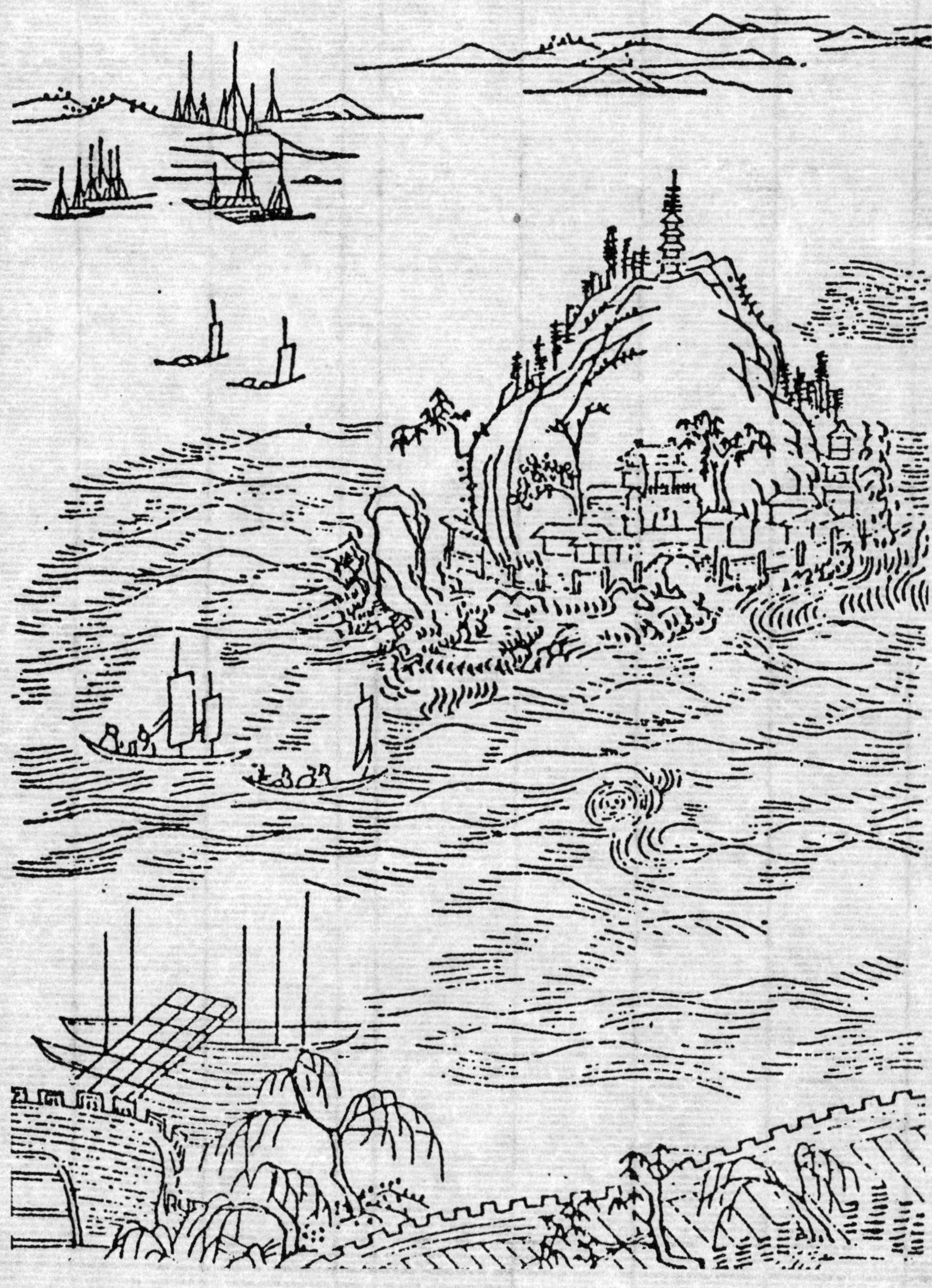

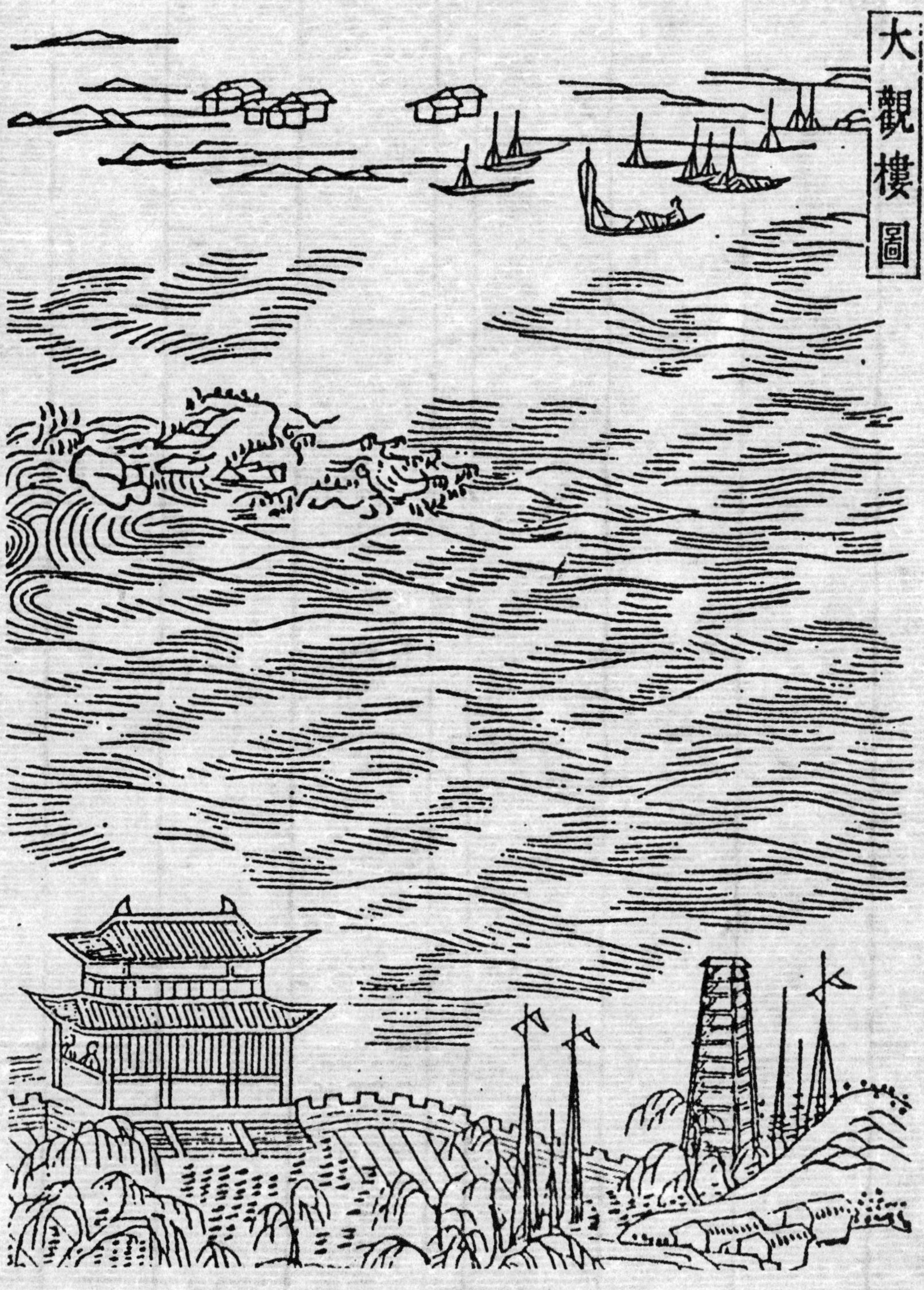

九曲池新亭記

沈括

建隆元年，太祖親討李重進之亂，駐蹕於城北，時石守信破壁取重進，重進以火死。揚州既歸從之，即其地以爲原廟。天子歲五遣使獻祠，以家人之禮進於廟下。揚州刺史率其官屬，月再朝焉。嘉祐八年，詔以直史館丹陽刁公守揚州。當淮南大水之後，民難不支，歲籍不入。公以惠和慈仁，康集勞來，直心正身，修明百職，文武賓吏，各率其業，罔敢怠傲，民卒用寧，歲以大康。乃以吉日，巡視宮廟，按垣揆室曰：此上聖所以眷賜我邦，休有惠烈，實昌邦土，祠事弗虔，無以報稱，廢撤無所，神惠不歆。於是墁堊丹髹，敝脱黯黮一新，以爲瑰麗宏潔。而又治其北垣，蜀岡之淵，㢠其故堂，博而新之。對峙二亭，臂張於前。木茂泉清，鳧雁與與。光氣上下，朝霏夕陰，浮動於櫓欞之間，而不知有荒榛斷蔓之可悲也。治平二年二月之晦，工徒告休，公將勞成，於是屬其參軍事沈某考詞於碑，而繼之以詩曰：

昔在建隆，天子有徵；環揚有師，盜不敢膺。體礫肩分，孰爲股肱？推其中軍，車裂馬騰。截截疆場，炎不可薄；既扼其吭，附者益落；士勵而歎，高噪大躍。車盤轂交，有萬其群；氣抑不揚，投兵而奔；我師蹙之，潰其國門；持其大醜，徇於淮人。天子在師，將以武克；不驚不慫，以殄無慝。有赫在天，降則在廟；孔威有神，綏我億兆。公在朝廷，崇事有嚴；卒奠以出，龍旗纖纖。廢無燕私，其福不下；公作新亭，以御樽斝。諸臣友朋，孔燕侯侯；我邦有休，公實來爲；不泯有考，我公之思。

（録自《平山攬勝志》卷四）

揚州新園亭記

王安石

諸侯宮室臺榭，講軍實，容俎穀，各有制度。揚古今大都，方伯所治處，制度狹庳，軍實不講，俎豆無以容，不以逼諸侯哉。宋公至自丞相府，化清事省，喟然有意其圖之也。今太常刁君，實集其意，會公去鎮鄆，君即而考之，占府乾隅，夷茀而基，因城而垣，併垣而溝，周六百步，竹萬个覆其上。故高亭在垣東南，循而西三十軏，作堂曰『愛思』，道僚吏之不忘宋公也。堂南北嚮，袤八筵，廣六筵，直北爲射埒，列樹八百本，以翼其旁。賓至而享，吏休而宴，於是乎在。又循而西，十有二軏，作亭曰『隸武』。南北嚮，袤四筵，廣如之，埒如堂。列樹以嚮。歲時教士戰射坐作之法，於是乎在。始慶曆二年十二月某日，凡若干日卒功云。

初，宋公之政務，不煩其民。是役也，力出於兵，材資於官之饒，地瞰於公宮之隙，成公志也。噫！揚之物與鹽，東南所規仰，天子宰相所垂意而選繼乎？宜有若宋公者，丞乎？宜有若刁君者。金石可弊，此無廢已。

（録自《嘉靖維揚志》卷三十三）

作者簡介：王安石（一〇二一—一〇八六），字介甫，號半山，臨川（今江西撫州）人。慶曆二年（一〇四二）進士，官至參知政事，封荊國公。著有《臨川集》。

萬松亭在大明寺東蜀岡上，山脊聳峙，舊有松柏，名『萬松嶺』。清雍正八年（一七三〇），汪應庚又植松十餘萬株，並建亭於巔，名『萬松亭』。江外諸山，至此一覽可盡。

《畫舫録》卷十六云：汪應庚『居揚州，家素豐，好施與，如煮賑施藥、修文廟、資助貧生、贊襄嬰育、激揚節烈、建造橋船、濟行旅、拯覆溺之類，動以十數萬計，與朱與白、吳步李齊名。當事聞於朝，賜光禄少卿。乾隆五年民饑，兩淮立八廠，應庚獨力捐賑，活數十萬人。臺省入告，貞珉於蜀岡之巔。』

萬松亭記

汪應銓

蜀岡東最高處，萬松亭在焉，吾家光禄君所作也。蜀岡無石，其土厚，宜樹木，顧無好事者。君輦松栽十萬餘，緣岡之坳突直屈，櫛比而環植之。數歲中，蟠亘蒼翠，日晴風疏，遠望如薺，鱗張鬣竦，即之挺立，步入林樾，彌天翳景。其東岡勢中斷，旁邑而下削，亭踞其顛，帶長林，倚遥野，二十四橋之煙景，三十六湖之波瀾，浮映檐檻，可攬可掬，洵奇勝也。或曰：『松逾十萬，而以「萬松」名亭，何也？』曰：『柳子厚《萬石亭記》，所謂石之數不可知，以其多則命之萬石者也。』或曰：『凡亭之勝，游觀觴詠之樂，寒餓疾痛之夫不與也。萬松之芘藾，繩床瓮牖，旁風上雨之居民弗善也。光禄君自其子姓以暨塗人，燠寒飫饑，孤露而蔭庥之，呻而醫藥之，嬰而遂長之，溺而筏之岸之，其人其事，不可殫數。天子褒異之，國人銘詩之，吾子闕焉，而斯亭是志何也？』曰：『此吾所以志斯亭也。蘇子瞻爲麻城令，作《萬松亭》詩云：「縣令若同倉庚氏，亭松應長子孫枝。」君則萬松之鄉人也，又有德於其鄉，子孫之祥與松俱長矣。《傳》有《嘉樹》、《雅》有《角弓》，無忘封殖，敢諗來者。』君名應庚，亦自號萬松主人云。

（録自《平山攬勝志》卷七）

作者簡介：汪應銓，字杜林，江蘇常熟人。康熙九年（一六七〇）進士，官贊善，先後主講鍾山書院，與修湖廣、江南《通志》。著有《閑緑齋文稿》、《容安齋詩集》等。

竹西亭 竹西亭在禪智寺側（今竹西公園內）。禪智寺即上方寺，亦名竹西寺。亭名取之於唐杜牧『誰知竹西路，歌吹是揚州』之句。清乾隆十六年（一七五一）程夢星重建，盧見曾撰《重建竹西亭記》。光緒《增修甘泉縣志》卷十九《藝文》載有此記，題下署『代』字，作者蔣恭棐，説明此記爲蔣恭棐代其所撰。蔣恭棐（一六九〇—一七五四），字維御，江蘇蘇州人。康熙六十年（一七二一）進士，官編修，後致歸，主講揚州安定書院，卒於揚州。

重建竹西亭記

盧見曾

唐杜牧之詩云：『誰知竹西路，歌吹是揚州。』建亭者之以『竹西』名，蓋出於此。歐陽文忠有《竹西亭》詩，蘇文忠公詩有『過廣陵擇老相送竹西亭下』，亭之重於揚州舊矣。

乾隆丙辰，余爲都轉鹽運使駐此，與同年程太史夢星大會名士於平山堂，登蜀岡眺望，問所謂竹西亭者，太史爲指點於荒煙蔓草間而告余曰：『亭不知建於何人何時，宋紹興間，向子固嘗易其名爲「歌吹」，毀於火。隆興間，郡守周淙修之，復舊名，歲久而圮。明神宗時，縣令張寧移建於北岸之皂角林側，未幾亦圮。今東望舊刹即古禪智寺。』考《古今詩話》，亭蓋在其前云，余於時慨然有修復之志，不數月，輒以罪去，更歷邊塞，閱十有八年。

歲癸酉，復轉運茲土，太史已與諸同人復亭之舊，爲縣尊疊召落成焉。至則泉流竹茂，新亭翼然，前辟埠百尺以仿昆臺，後構堂三楹以仿樂圃。登斯亭也，遥睇南徐北固諸山，如拱如揖，風帆沙鳥，若即几席，漁榔梵音，渢渢入耳，余顧而樂之。太史舉觴屬余爲記，余惟世人間一切盛衰隆替，如水容山態，朝夕殊形，其大者莫不然，何有於一亭之興廢哉。雖然地從人傳，而非其地之盛，則亦不足以傳其人。茲地因樊川之句以爲亭，因歐蘇兩公之流連於是亭而益重於世，彼易其名與遷其地者陋也。周程兩君子，後生輝映，其賢乎哉！余抱修亭之願以去，落成而來，亭不因余成，而余之來適與亭會。余之文不足重斯亭，而亭若有待焉，因不辭而爲之記。

（録自《雅雨堂文集》）

作者簡介：盧見曾（一六八〇—一七六五），字抱孫，號雅雨山人，德州（今山東）人。康熙六十年（一七二一）進士，歷官知縣、知州、兩淮鹽運使。著有《雅雨堂詩文集》。

曲江亭記

阮元

出揚州鈔關，東南行二十四里爲佛感洲，或名翠屏洲。洲故揚子江心，所謂『廣陵之濤』，當在此矣。枚乘《七發》狀廣陵之濤數百言，或以今揚州無大濤，執錢塘江潮以當之，誤矣。伏讀高宗純皇帝《廣陵濤辨》，足以證千古之疑，而黜朱彝尊等之論。且彝尊惟以山陰縣有廣陵王廟爲據，不知宋之諸王封廣陵者三人，今山陰之廟，安知非南渡苗裔所僑建，豈徒江都於山陰耶？江海之變爲桑田者多矣，瓜洲上下揚塵之地皆古大江，既不能定江濤之必不變爲桑田，又安能定漢之濤不在此爲大觀也？佛感洲中有紅橋，外通江潮，萬柳蔭翳，不見曦影，春桃夏竹，映帶於茅屋釣磯之間，秋冬木葉脱，金、焦兩山並立林表。予訪王布衣豫於洲中紅橋之南，乃劃其宅西地數畝而建亭於竹樹之間。名『曲江』者，尊高廟之説，思有以敬明此義而志此古蹟也。嘉慶十二年冬記。

（録自《揅經室集》三集卷二）

斗野亭

斗野亭原在邵伯梵行寺側，初建於北宋熙寧二年（一〇六九），因地『在星野爲斗、牛之分』，故以名亭。清嘉慶十四年（一八〇九），重建於來鶴寺（今邵伯中學）側，修撰姚文田撰《重建斗野亭記》。二〇〇二年，邵伯鎮政府再建於古運河畔，亭中立有原江蘇省文化廳廳長王鴻所撰《再建斗野亭記》碑，東西兩壁嵌有孫覺、蘇軾、蘇轍、黄庭堅、秦觀、張耒、張舜民等七賢咏斗野亭詩碑。王鴻《再建斗野亭記》全文如下：

斗野亭始建於北宋熙寧二年，迄今已近千載。宋代七賢因登臨斯亭而興懷唱和，後世文人爲仰慕前賢而即景揮毫。佳作紛呈，翰墨留香。白駒過隙，斗轉星移，斗野亭幾經徙建，終淹没於歷史長河之中。值兹盛事，政通人和。邵伯鎮人民政府應時代之需，順民心所向，擇地再建斗野亭，既爲江淮名邑重現歷史名勝，亦使千年古鎮長添文化氤氲；既供游客觀瞻，里人休閑，亦可告慰先賢，造福後人，實一盛舉也。乃爲之贊：

茫茫廣宇，昊昊蒼穹。星斗分野，光耀太空。天寶地靈，江淮要衝。古名甘棠，緬懷謝公。哲人留步，騷客動容。七賢唱和，勒石亭中。墨林瑰寶，詩壇黄鐘。韶光流逝，難見遺踪。欣逢盛世，文運亨通。碑亭再建，衆心偕同。名勝重現，造化天工。近睹橋閘，凌波彩虹。遠眺樓閣，霞映艨艟。運河兩岸，吐翠揺紅。湖畔水園，澤國游宮。棠埭巍巍，勢若卧龍。碧波粼粼，水雲交融。芙蓉片片，魚翔花叢。垂柳依依，蘆荻鮮榮。白帆翩翩，落雁飛鴻。漁歌陣陣，韵美情濃。觀亭賞景，陶冶心胸。爲民立業，受益無窮。撫今追昔，百感由衷。詩人興會，共賦新風。

斗野亭記

姚文田

揚州在星野爲斗牛之分，昔人因於邵伯鎮西梵行院側創建斗野亭。郡志但云熙寧時建，而不知果誰之爲也？惟孫莘老、蘇子瞻、子由及秦太虛、黄魯直、張文潜諸人，皆嘗觴詠於此，則以是爲一邑之勝。蓋鎮上承高寶諸湖，積水涵虛，菰蒲掩映，朝煙夕霏，頃刻變態，既足以供游覽，而又得孫、蘇諸賢以爲重，似此亭遂爲必不可廢。

紹興時，鄭忠肅來知縣州，始移建於郡城迎恩橋南，而亭之地遂改。嘉定時，崔清獻撫淮，復改題曰『江淮要津』，而亭之名且就湮矣。元明以來，五百餘年，未有能復之者。兹徐司馬元惠偕其族弟元桐議重建之，而鎮西地當水衝，舊址不可復用，因擇地於鎮東之法華寺側而締構焉。於其成也，復鎸孫、蘇諸詩於壁，非直爲游憩而已。蓋前賢之流風遺韻藉是以不墜，亦足令至此亭者之興起也。會余客游邗上，司馬之弟中翰、侍御兩君皆余同年生，來屬爲之記，蓋經始於嘉慶己巳四月朔日，至八月乃畢工云。

（録自嘉慶《揚州府志》卷三十一）

作者簡介：姚文田（一七五八—一八二七），字秋農，浙江歸安人。嘉慶四年（一七九九）進士，官至禮部尚書，謚文僖。著有《邃雅堂文集》。

壯觀亭 壯觀亭在儀徵城北三里北山之巔，北宋政和中郡守詹度建，米芾書匾，毁於兵火，紹熙間郡守吴粟、淳熙間郡守左昌時先後重建。開禧後，莽爲荆榛，不可復識。今不存。

壯觀亭記

劉燾

大江日夜奔流不停，群山今古秀峙自若。煙雲異色，動静殊態，榮枯改觀。皦瞑異方，羅列目前，應接不暇。至於領略要會，一失其當則散漫無收，偃蹇難近，雖强羈逸足却曳風帆，終不可得而致也。隋唐以前，江在揚子不遠，城郭由是舟車輻輳，廛閈填咽，商賈畢集，而江都雄盛，遂甲於天下，儀真於古未聞也。水行當荆、湖、閩、越、江、浙之咽；陸走泗上，不三日又爲四達之衢，爲郡雖未遠而四方錯處，邑屋日增，其勢盛衝會，盡移隋唐江都之舊。前日朝廷，次第郡國，固已望於淮左矣。每恨雄樓傑閣，未足以比蹤『風亭』、『月觀』之盛。江上寂寥，土風隘陋，前人雖作『鑒遠』，俯在江皋，猶未觀夫巨麗也。『壯觀』據江山之會，其左長道也，舟車水陸盡在眺聽之下，敝屋數楹，不蔽風雨，州守史君作而新之。雖地因其舊而審曲，面勢侈基，構隆棟宇，一舉首而眼界所極，無不致焉。規製環壯觀於傍，近斯可以展高懷而紓傑思矣。

作始於政和乙未十一月己丑，丙申六月庚戌落而成之，史君與客置酒高會，鼓吹作而旌旆揚，傾都士女，巷無居人，咸曰：『樂哉！吾邦所未嘗有也。』嘗試與客指天末之叠巘，望原表之平陸曰：『此吴蜀之所争也；此六朝之所都也；此曹孟德、劉玄德之所摧敗奔北，而陸遜、周瑜之所得志而長驰也；此梁武之所不振，而侯景之所陸梁而睢盱也；此孫皓、陳叔寶窮侈極麗，惟日不足而今日之荒墟也。可以寄萬世之一笑，而付長空之一吁者也。』蓋其景物是矣，其實不足爲今日道也。前瞻五山，如奔如趨，如倚如扶，嵐光朝除，霽靄夕舒，如機旋而策驅，莫敢趦趄以向於座隅。下視長江，源遠流長，盤渦茫岸，萬舳千檣，越宦吴商，飛錢走糧，下峽浮浙，游秦入梁。如電發而雲翔，以集於南疆。於是時也。重熙累洽，萬國一軌，年穀薦登，民物豐樂。不聞兵革之聲，不見調發之苦。如登春臺，若醺醇醴，康衢列邸，行旅四集，以故繁穰，百倍疇曩。乃得與客共此一亭之樂，非太平時而能有此壯觀之實乎哉？史君世居是邦，尤知民俗利疾，下車未幾，最課褒出，璽書褒封，累增階官，再進延閣，恩綸駢蕃且將繼。下邦人惟恐君捨我而去也。於是奉使淮部者既相與列上於朝矣，而嘉其再新斯亭，又爲書其實。史君名度，字安世，始知以奉議郎與先史君扎凡八年守儀真云。

（録自嘉慶《揚州府志》卷三十二）

作者簡介：劉燾，字無言，長興（今屬浙江）人，宋元祐三年（一〇八八）進士，官至秘閣修撰。著有《見南山集》。

重建壯觀亭記

楊萬里

儀真游觀，登臨之勝處有二：發運司之東園、北山之壯觀亭是也。亭立北山之椒，居高俯下，江淮表裏，皆在目中。自城中以望亭中，如高人勝士登山臨水而送歸人也；如仰中天之臺，縹緲於煙雲之外也。自亭中以望江南之群山，如訾黄騄耳，競奔争馳而不可縶也；如安期羨門，御風騎氣，隔水相招而不得親也。米元章嘗官發運司，暇則徘徊其上，爲之賦且大書其匾。至建炎庚戌，火與兵再至，紹興辛巳，又火與兵，淮人過者罔不慨歎。今太守左昌時屬工徒爲屋三楹，爲墻百堵，前敞以軒，後邃以檻，種萬松以繚其西北，又藝桃李、梅杏、楊柳千本以牣其南谷。儀真之士民登而樂之，相與謁予記，且曰：『吾侯秩滿，將歸於朝，留之不可。惟侯奉法循理，節用愛人，至於葺府庾、繕溝壘、訓兵戎、虞疆埸，夙夜殫力，以整以備，江海盜寇，悉縛至麾下，奸慝跡熄，不敢竊發，年穀薦登，倍蓰他境。因治之餘，復此壯觀，州人耄倪，再見承平氣象，俾過之者得以挹江南之形勝，而起騷人之思，北望神州而動擊楫枕戈之想。則斯亭豈特游觀登臨之勝而已哉，願爲特書，惠爾淮士，以詔於無止。』余曰：『諾哉！』紹熙二年四月記。

（録自嘉慶《揚州府志》卷三十二）

作者簡介：楊萬里（一一二四—一二〇六），字廷秀，吉水（今屬江西）人。紹興二十四年（一一五四）進士。著有《誠齋集》等。

注目亭　注目亭原在真州南拖板橋，前臨大江。南宋淳熙末，趙師龍移建於城西南。今已不存。

注目亭記

胡　弼

真州兩淮要地，郡當水陸之衝，屬時承平，士大夫經從，冠蓋相望，視他郡爲盛，送迎之所，有二亭焉，在陸曰『壯觀』，瀕江曰『鑒遠』。賓主適相遇，而升降揖遜之禮行乎其間。粤自六飛南巡，兩京河朔道阻而未通，壯觀亦因是以廢，郡之送往迎來，惟『鑒遠』是存。

蓋郡枕大江，介乎金陵、南徐之間。其上游則江之東西，湖之南北，又上而荆襄、川陜，實取道於是。由江而下，近而吴越，遠而七閩二廣，亦自是而之焉。一時公卿大夫將天子命以臨治乎江淮，荆湖、川陜之民，或賜環而趨覲，或解組而趨闕，與夫結綬登王畿者，莫不舳艫相銜於『鑒遠亭』之下，郡太守僚掾從事於送若迎，因亦便而安之。頻年以來，江沙日漲，嚮之中流，一變而爲葦荻之場，來帆去棹，無艤泊之地，斯須之敬，幾不容展，可以歎息也已。

浚儀趙侯師龍臨郡之二年，政平訟理，民安吏畏，郡之百廢，次第以舉，惟是送迎之無所，未嘗不歉於中。乃因暇日，相地江滸，輟不急之用，鳩材僦工而爲之亭，取杜少陵『注目寒江』之句而名之。地勢爽塏，軒楹顯敞，賓主周旋之余，得以縱其所觀，視『鑒遠』爲甚盛。自夫道途之開治，傳舍之修飾，入其境者得以觀守之能否。今侯報政有成，行且代而朝矣。常人視兹亭若可緩者，而侯汲汲然爲之，此有識之士所以深歎，以侯知禮之所寓也。且郡有東園，曩之領使發運者，日與四方士大夫共樂者也。而歐陽文忠公記之，迄今以爲盛事。兹亭之作，不惟禮有所寓，士大夫注目於此，又將奮勵激昂，起中流擊楫之興，豈曰『共樂』而已哉！是宜得老於文學者爲侯特書，顧乃以命弼，且不容以荒陋辭，姑序其大概云。侯字舜臣，官今爲朝散郎。淳熙十五年二月朔記。

（録自嘉慶《揚州府志》卷三十二）

作者簡介：胡弼，宋代人，生平不詳。

扃岫亭記

張汝賢

儀真城北有土山，可以舒眺。予侄創亭於山腰，以聚遠景，領略江淮之勝。萬井盤旋，千峰森聳，川光野秀，參陳錯峙，蓋一俯仰之頃，疊嶂累驛，趨户牖間，殆無貽恨者。

一日，請名於予，以『扃岫』命之，意取北山移文所謂『扃岫幌雲』爾。

或曰：『叢然衆岫，掛於檐前，幌張設，誠佳致已，然是可扃乎！矧茲迎鑾舊壤，周世宗昔嘗駐蹕；東沿丹陽，則孫仲謀鼎立之所踞也；西溯瓜步，則魏太武虎噬之所營也；南挹鍾阜，王氣蔚然，秦巡而厭，晉恃以興，卒建大號於六代者也。跡其英雄遺韻，歷數百年，猶足壯人心骨，而終不能以有之。至若嶺嶠卓鶩，有喬有復，或騫或翔，憑虛而覽之，形勢宏放，氣象蕭爽，白浪蒼煙，繚繞晻靄，所極蓋已遠矣，又奚以扃之哉。』

予應之曰：『固也。予獨未睹真機之妙爾。彼達觀者胸襟宇宙、掌握日月，恢乎海嶽之大，納於胸中，曾不見其纖芥，而況目力所及者乎。是雖峭崪萬態，起伏踴躍，充斥指顧之內，以供吾玩好。吾周以曠蕩之垣，域以從容之閫，牢以談笑之鍵，而固以宴息之扃，一撫存而有之，亦焉有背馳者乎。若夫汩没於利名之場，籠塵樊，馳俗駕，日不暇給，山顏偃蹇，林色駭愕。足欲入而無路，目欲窺而無門，拳然塊石，叢然小邱，邈若絕域，豈止擯於扃鐍之外乎哉。此乃德璋所謝者也。』

予侄嗣昭，志在克家，與其母弟嗣昌，皆以藝業自奮，非隱遁者，然能優裕於此，斯可尚矣，遂並書以記之。

（録自嘉慶《揚州府志》卷三十二）

作者簡介：張汝賢，宋仁宗時任江淮發運副使。

天開圖畫亭

天開圖畫亭，南宋淳熙中郡守姚恪建，位於儀徵西北隅，盡得江山之勝，取黃山谷『天開圖畫即江山』之句以名亭。今已不存。

天開圖畫亭記

□纮

真於淮爲亢，舊曰『白沙鎮』。皇朝乾德二年，置建安軍，大中祥符六年，更今名。而州之棟宇宏麗，雉堞環矗，而二千石治所始雄於他郡，後經戎馬侵軼封略。歲在辛巳，蕩爲灰埃。前葺後補，視舊爲簡。武經大夫姚公恪來鎮之。明年，政平訟清，盜遁奸伏，合境之內無一人敢帶刀佩劍，以干其法禁者。

暇日，公領客登城西北隅，坐草堂，覽江山之勝，慨然而歎曰：『吾其可負此哉！』因命僚吏賦工庀材，增庳爲高，撤故爲新。不浹旬而飛甍華榱，突焉出乎崇墉之上。削之繩如，張之翼如，塗塈丹雘，不侈不陋。公將乞名於部使者四明王公，乃涓吉觴以落之。聯嵐橫浮，驚浪迭湧，樵歌牧唱，聲在杳靄。吳檣楚柁，相與上下於漂渺彌漫之中，朝形暮態，隱見萬變，目廣心遠，疑若蓬萊瀛洲，乘虛駕幻，與仙人羡門偕來也。王公因取山谷之詩，榜之以『天開圖畫』。然後地隨人勝，而江山無遁情矣。

公走書至楚，屬纮以記顛末。纮未獲幅巾杖履從公拾級以上兹亭，其何以爲辭？公試爲我矯首而望，江都宅其東，牙檣錦纜，還有隋煬帝游幸之遺蹟可鑒者乎！瓜步控其西，金戈鐵馬，還有魏太武退師之故道可襲者乎！南則建業，孫仲謀拔刀斷案之怒，今尚可激乎！北則臨淮，南霽雲抽矢射浮圖之恨，今尚可償乎！公嘗二爲邊郡守，皆以治最聞。今真之政，又能撫民訓戎，蓄財備械，瘠瘵江山之險，感今懷古，以不忘克復之大計。把酒撫劍，寸心耿耿，則斯亭之作，興寄高遠，豈直爲一時游觀之適而已哉！復於公，公曰：『此吾志也！』遂書之。淳熙十三年秋八月記。

（録自嘉慶《揚州府志》卷三十二）

作者簡介：□纮，宋代人，生平不詳。

鏡薌亭記

郝　經

中統元年夏四月，宋維揚火，人屋熠盡，經適奉使告登位，宋人以火餘無以館客，乃於儀真即忠勇軍營總制真州軍馬治所置館，鏡薌亭則館外東偏之水亭也。入館之初，不知有此，明年夏，伴使潘拱伯輩始邀一至，其後或數日、或數月一往焉。

真州瀕江，在老岸下，溝、渠、池、塘，皆與潮通。東接維揚，南對金陵，岸在六朝爲白沙，其後爲迎鑾、爲永真、爲揚子。宋大中祥符中陞爲州，自唐劉宴管鹽鐵，江淮之人仰食海鹽，於是置揚子十院漕鹽以給江淮，而運行入於州中，宋人因之置淮東運司。行商舶賈，遠近畢集，故爲江壖一都會，號稱『揚一真二』。亭則真古揚子院今運司後，其東南垣墉則揚子故縣城也。而館與州治縣衙、宣聖廟、天慶觀等，皆在故縣中，縣即州子城矣。館東之池亦與潮通，而亭處其中，有故隸字榜曰『鏡薌亭』。池中一甬路，直亭南北，界池爲二，池有蓮蒲，而柳皆成蔭，拘滯之間，時得改步，寓目者惟此焉。歲益遠，出益稀。今年春，復爲一往，以暵旱之故，荷死柳枯，潮不復至，而不可復觀矣。於是，自春逾夏，而不復出焉。

初，朝廷於沁南賜第一區，田十頃，州吏進牒及圖，則其田河陽，封畛包絡全得揚子，一店在黃河老岸下。明年，遂入宋，每登是亭，與古揚子縣城相對，江壖河濱，殆無以異，恍然而悟，曰：『天下事斷不偶然，行使止尼，殆必有主張者，河濱之行有以兆此行矣。』乃書其入館登亭之事，以寓感傷焉。他日復到河濱之野而思館中之亭，則必如今見館中之亭而憶河濱之野矣。彼且爲是耶！此且爲非耶！彼此之間，其一揚子耶。中統五年夏六月謹記。

（録自嘉慶《揚州府志》卷三十二）

作者簡介：郝經（一二二三—一二七五），字伯常，山西陵川人。金亡仕元，歷官江、淮、荆、湖宣撫副使，後爲翰林侍讀學士，充國使至宋，被賈似道所拘，滯留真州（今儀徵）十六年始歸，謚文忠。著有《陵川集》等。

西亭記

錢升

吾毗陵黃子雨相移居廣陵之白沙鎮，距城六十餘里，故爲朱氏別業，名曰『西亭』。亭之東有堂有室有軒，軒又有南軒、北軒，軒之外有垣，垣之內有池，外亦有池，統名曰『西亭』者，從其勝也。亭之前爲古梅者二，爲修桐者七，爲垂柳者數十株，凡牡丹、芍藥、芭蕉、芙蓉之植，無不畢具。池又南通江流，朝潮夕汐，來去以時，每當雜花在樹，遥綠繽紛，春鳥秋蟬，好聲不絶。黃子談經之暇，有客過之，輒與一觴一詠，意復蕭然自得。其客之游者，亦若身在林煙山霧之中，忘其地之近乎市廛，而西亭之名因以黃子傳。則無不曰：『此黃子之西亭也！』

夫維揚爲四方叢集之地，凡士大夫之爲寓公遷客與夫估人舶賈之流，走魚鹽金繒如鶩者，即修治園圃、亭臺之屬，率爲藻臒曲折以相矜尚。而其間或有之，而未嘗屢游，游之而無晨夕友朋之樂。以視黃子之西亭，地偏心遠，果誰爲得失耶！况黃子吾毗陵人也。毗陵之地，雖無名山大川，而土厚水深，季札披裘之流風猶有存焉者。吾黨如雲孫、初子諸賢，又黃子之群季也。暇日與諸名流賦詩眺覽，出東郊行野外，拜延陵之舊祠，訪蕭梁之遺蹟，無不睪然以思，悄乎遠望者，黃子顧樂此而不歸，若將終身焉者，將後之數十年或數百年而傳白沙有西亭之勝者，必自毗陵黃子之西亭始。西亭顧不爲黃子之所有耶！僕屢過廣陵，未得訪黃子於白沙，昨雨中自延陵道經其地，而又未得覽西亭之勝也，乃因黃子之述而援筆爲記如此。

（録自嘉慶《揚州府志》卷三十二）

作者簡介：錢升，清常州人，生平不詳。

竹逸亭在儀徵西溪湄庵内，清乾隆五十八年（一七九三）建。今不存。

竹逸亭記

吴錫麒

嘉慶丁巳七夕後一日，曾賓谷都轉有事真州，遂爲西溪九曲之游。自湄庵放舟，至胥浦橋而止，歸飲於竹逸亭，與其賓客各賦詩紀事，主人則江君耕野也。明年，將勒石湄庵，屬予弁首云。

都轉曾公南豐後人，東坡今日，志冲誼美，政平人和，暇聯賓從之歡，習攬山川之勝。適因公事小住真州，其地有西溪者，源出銅岡，名均河渚，九曲相引，風蘿自聲，一碧所環，雲水無次。馴鷺翹於渡口，老魚闖乎波心，塵紲不牽，幽景可狀。使君興發，地主情多，茶三昧而禪咨，竹二分而秋伫。因樹爲屋，在水之湄，將謀縱棹之嬉，此是洗心之所。既而青絲解，黄竹篙撑；滄蹙回風，湖平暗水。嘔啞之聲乍起，蕭瑟之境忽通。野草弄花，凉蝶尤媚；破網掛柳，漁人不來。行行欲窮，轉轉莫已，翛然物外，放乎蘆中，蓋至胥浦橋而止焉。未落之日，殘蟬若催；將轉之篷，好山相送。江光蕩晚，入畫之樹全迷；雨響生空，歸巢之羽相接。瞑猶可戀，樂不知疲，而明燈已耀於亭隅，清歌漸流於木末。南皮會盛，北海尊開，華月如眉，銀河對面。感星期之違易，念雲約之踐難，各賦新詩，留爲故事。夫妙妓傳花之樂，羽衣吹笛之歡，並皆政事餘閑，風流相賞。

茲夕之會，古人匪遥，則播惠愛於江山，寫音塵於簡牘，又豈特摹景光、侈游宴而已哉！僕故鄉葭水，徒望蒼蒼，此地鷗波，又呼負負。乃文鱗有召，泥爪重來，見示佳篇，如綴新眺。泉石之韻，天琴自張；竹柏之懷，穆羽相和。綜其馥彩，加以引伸。請付貞珉，願爲嚆矢。

（録自嘉慶《揚州府志》卷三十二）

八寶亭

八寶亭在寶應城南街，明嘉靖三十年（一五五一），知縣岳東昇濬河得寶，遂立碑建亭以紀其事。八寶即如意寶珠、紅靺鞨、琅玕珠、玉印、皇后采桑鈎（二枚）、雷公石（二枚）。該亭於清康熙、道光及民國間，曾三度重修。一九八三年六月，移建於縱棹園內，亭額爲全國政協副主席、全國佛協會長趙樸初書寫。

重建八寶亭記

葉維庚

邑以寶應名，紀瑞也。唐刺史鄭輅言之詳，司馬涑水亦載之。相傳得寶河在縣治南百步許，明大令岳東昇表以碑而護之亭，縣志闕如。

甲申春，余莅斯土，射陽春水，氾湖秋月，憑眺之下，往往感陳蹟之久湮，發思古之幽情。丁亥二月，行將換縣江陰，適高郵貢士孫君應科手一墨刻見示，蓋即岳令得寶河記，新得之於荒垣下也。碑分三截，中缺十數字。孫君募衆建亭以藏之，乞記於余。夫天不愛寶，或顯或晦，豈偶然哉，碑之立在明嘉靖辛亥，閱今二百七十七年。敲火礪角，棄委於蓁叢茀草之間，久而不朽，巋然尚存，謂非天特留此石碣以顯寶氣之常新與，則得碑猶夫得寶也。從此河湖順軌，年穀豐登，弭災祲而書康樂，於以徵太平之祥瑞焉。是爲記。

錄自《重修寶應縣志》卷二十四

作者簡介：葉維庚（一七七三—一八二八），字貢三，號雨垞，浙江秀水（今嘉興）人。嘉慶十九年（一八一四）進士，歷官知縣、知州。著有《鍾秀山房詩文集》等。

館記

題襟記

題襟館在兩淮鹽運使署（原揚州市政府）內，爲清乾隆五十八年（一七九三）任鹽運使的曾燠所建，作爲公宴與賓朋賦詩之所。繼而曾燠集其詩刻爲《題襟集》，一時蜚聲海內。

題襟館記

洪亮吉

題襟館者，賓谷先生榷署中退食之地，亦公宴之所。其地也踞四達之衢，半塵不入；處三江之會，百舫咸通。稍離聽事之廨，別構精思之軒。仿漢上之名，據邗水之勝。奇石三面，迴廊四周，高棟接乎層雲，危垣隱於修竹。無須館僮，有侯門之鶴；不蒔雜木，留掃廳之松。晝接賓友，夜染篇翰。蓋官事之暇，無不居於此焉。

爲時海宇承平，名流畢出。由庚無塞，旁午不驚。以公事及攬勝至者，置鄭莊之驛，盈孔融之坐。李郃覘象，識西行之星；何公審音，聆南下之棹。夜半之客，寧惟逸甄；日中之期，不爽前範。以是西北之彥，東南之英，有不登先生是堂者，咸若有所缺云。先生亦愛養人材，傾意賓徒，有周朗之逸朋，無敬容之殘客。寒素麇至，視比於麟鸞；恢奇博收，愛同於彝鼎。執經之彥，多於三伏之星；臨書之池，仿彼半規之月。分韻即就，劈箋若飛，振鄴都之聲，貴洛下之紙，仕宦之地，有神仙之目焉。

自癸丑以來，十年於茲，先生以政舉尤異，當膺節旄。於是高齋賓僚，橫舍弟子，恐盛事莫傳，高會不再，屬亮吉爲之記。亮吉百里來游，三宿生戀；居山謝客，草木頗諳；泛海陶生，鷗魚並識。兹不辭而爲記者，亦以志賢人之集，上比景星；名篇之傳，後成故實云爾。

（録自《更生齋文乙集》卷二）

作者簡介：洪亮吉（一七四六—一八〇九），字稚存，號北江，陽湖（今江蘇武進）人。乾隆五十五年（一七九〇）進士，授翰林院編修。以批評朝政，流放伊犁，不久放還，因自號『更生居士』。有《洪北江全集》。

題襟館記

王芑孫

自賓谷出爲兩淮轉運使，而天下稱詩之士，皆至於揚州。揚州四達之衢，轉運使領古三司之任，當高宗純皇帝時，海内樂業，群臣治筐篚，力供張，以示天下之平。頃之，用兵楚蜀，連六七年不決，而今上親政，赫然誅用事者，搜討軍實，餉賦貫輸，時及兩淮，剛歲旁午。君爲人敏達而聰强，沛然無所不辦，然故自喜文字之間。其於詩，尤性能而好之，於凡客之以藝來者，莫不延問迓勞，論其同異，指畫是非。因以其閑，選辰命酒，脱履高譚，春秋佳日，杯觴流行，紙墨橫飛，人人滿其意以去，而君之學亦繇是大進。

廨西有隙地數弓，前轉運使置之不問，君至，辟除溉掃，築精舍焉。命之曰『題襟館』。館前後羅植花藥，蓄白鶴五六，客話方洽，鶴忽警唳，引吭參差，一唱群和。雜以風籟，哄鬧室耳，主客不相聞，待其久之聲定，然後得續語，其風流標尚若此。君既作題襟館，又合其主客倡酬之詩刻之，曰《題襟集》。於是題襟館之名播天下，好事者傳爲圖畫，昔班孟堅氏記丞相客館，自公孫宏以後，廢爲車庫馬厩，其事蓋亦人世廢興之常。

然余考之，竟漢世未有能復者，矧此區區題襟一館，固前轉運使之車庫馬厩也。既由車庫馬厩而爲今日之館矣，遽不由館而復爲異日之車庫馬厩。以天地無終極視之，蓋其爲車庫馬厩之日長，而其爲題襟館之時暫也。然而，以賓谷爲之，則題襟館之在天地間，將必不以車庫馬厩爲存亡。夫有其不與車庫馬厩爲存亡者，則題襟之館不可以無圖，而余之記題襟館，又何可無言也哉。於是乎書。

（録自《惕甫未定稿》卷六）

作者簡介：王芑孫（一七五五—一八一七），字念豐，號德甫，一號惕甫，江蘇長州（今蘇州）人。乾隆五十三年（一七八八）舉人，授教諭。著有《惕甫文集》、《惕甫詩抄》等。

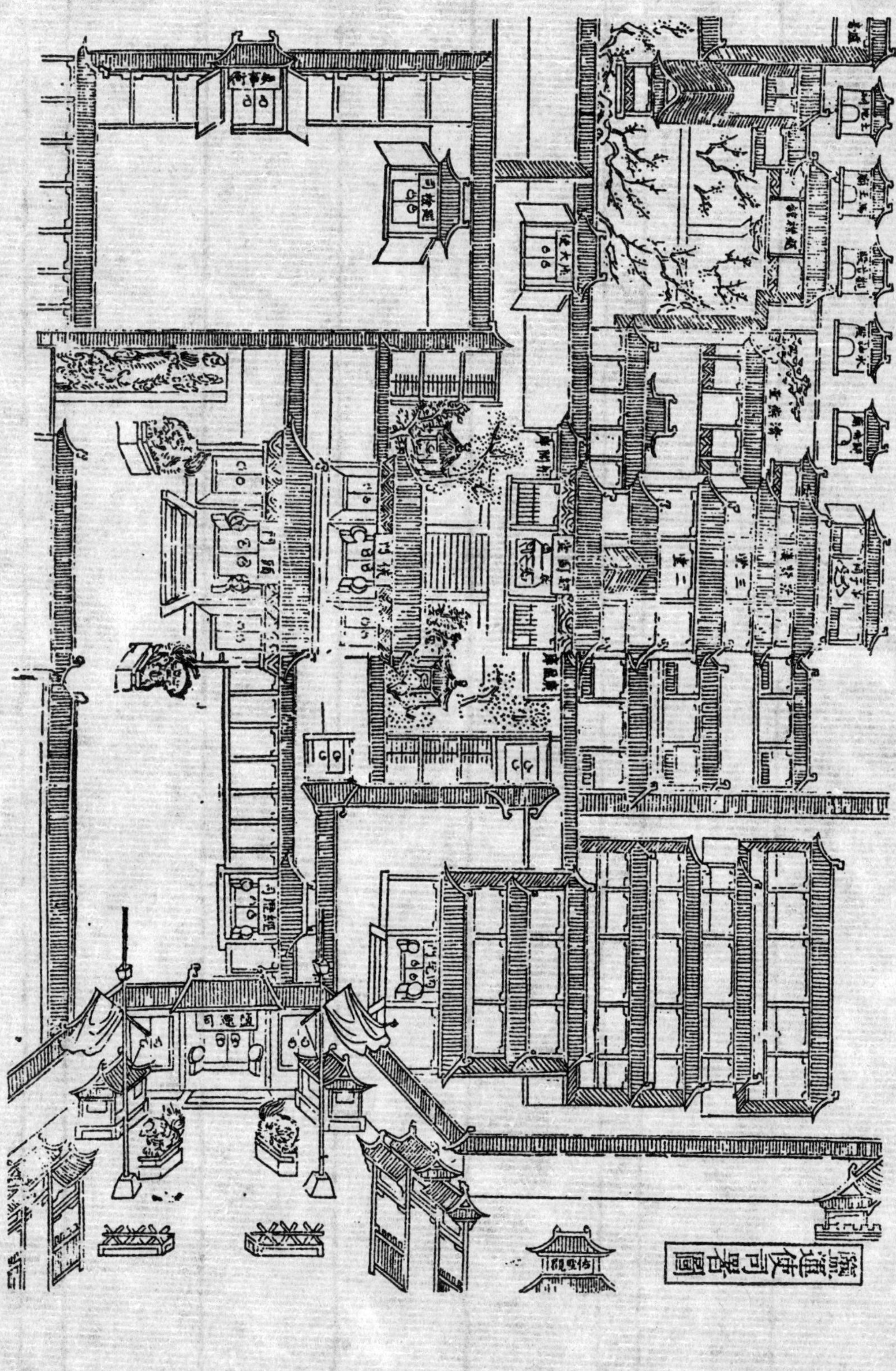

小玲瓏山館

小玲瓏山館位於東關街街南薛家巷西側，本爲馬曰琯、馬曰璐兄弟街南書屋十二景之一。街南書屋爲馬氏兄弟與諸名士結『邗江吟社』觴詠之地，座上諸客皆爲當時名流。因小玲瓏山館最著名，街南書屋之稱反被所掩。清道光間，曾任江蘇巡撫的梁章鉅先後兩次來揚探訪小玲瓏山館，尋找玲瓏石。他説：『邗上舊蹟，以小玲瓏山館爲最著。』乾隆南巡，曾幸莅是園。乾隆三十八年（一七七三），清廷下詔向各地采集圖書，刊刻《四庫全書》時，馬曰琯之子馬裕向朝廷進呈藏書七百七十六種，次年，獲御賜《古今圖書集成》、《得勝圖》等書畫。對此，後人皆有文字記載，唯是園是否有圖有記，歷來語焉不詳。二十世紀八十年代末，北京丘良任先生來信告訴筆者，小玲瓏山館不僅有圖，而且有記，他在京郊老友姚藹士先生處見過，並將圖和記拍成照片寄我。古建園林專家陳從周得知後曾寫信給他索要圖、記。

小玲瓏山館圖爲浙江秀水張庚所繪，圖記爲馬曰璐撰書，後有包世臣、汪研山、吴鳳詔題跋，記載了小玲瓏山館興衰易主及圖、記輾轉流傳的經過。

包世臣跋云：『予讀韓江雅集詩，一時觴咏之盛，不減山陰，未嘗不神往於平山蜀阜間也。此卷乃秀水彌伽居士張浦山徵君庚，爲祁門馬半槎先生曰璐所繪小玲瓏山館圖，半槎自作記，言之綦詳。余生也晚，未獲躬逢其盛，今山館已再易主人，記中所云小玲瓏巨石於館歸雪礓汪氏本，始克建立，巍然於茂林修竹間，惜半槎已不及見矣。此卷本藏馬氏，頃爲山尊學士所得。予適旅邗上，學士持此索題，覺盛衰之理，今昔之感，不免怦怦欲動矣。至浦山之畫、半槎之記，有目者所共賞，無俟鄙人喋喋也。撫今追昔，爲之慨然。』

汪研山跋云：『此卷爲張浦山所繪圖，馬半槎自爲記，舊藏小玲瓏山館。迨山館歸吾宗雪礓先生，此卷亦轉徙爲山尊學士所得，乞包慎老題跋者。曾幾何時，巨石迭被遷移，山館亦成瓦礫。此卷乃予得之市上，觀慎老跋云：「撫今追昔，爲之慨然。」倘使慎老天假之年，以至今日，更不知如何感慨矣。亟重裝潢什襲藏之。』

吴鳳韶跋云：『展圖欣賞羨當年，山館名留感變遷。嶰谷半槎兩昆玉，詩清品潔世稱賢。馬曰琯，號嶰谷，弟曰璐，號半槎，祁門人。乾隆初，同舉鴻博不就。嗜學好客，皆以詩名，藏書甲東南。在邗上築小玲瓏山館，四方名士，游邗上者，多主其中，結邗江吟社，與全祖望、劉大櫆、厲樊榭、杭世駿、金冬心觴詠無虚日，著《沙河逸老集》行世。館圖爲秀水張浦山庚至邗就地所繪。筆墨蒼潤，久爲藝林珍賞。半槎自撰館記，書法樸茂，有晋唐風味。二百年間，勝衰無常，山館易主，館圖撰記爲吴山尊所獲。厲樊榭、金冬心等跋，必已散失。山尊持圖請包慎伯跋，慎伯已叙其詳。曾幾何時，又轉徙汪研山處。瞬息百年，今爲吾鄉姚蔼士文學所得，名書名畫寓有墨緣，非可以行常離合論也。獨羡馬氏昆玉，舉鴻博不就，隱逸林下，築山館觴詠終日，詩名品潔，風雅一時。若吴梅村、錢牧齋，雖擁詩名，未全晚節，較之馬氏相去遠矣。兹擬俚句一章，並録梗概，呈請蔼士文學斧政。』

如今小玲瓏山館雖已不存，然觀其圖，讀其記，猶如游歷園中，亭臺樓閣，花木修竹，歷歷在目，令人神往。

小玲瓏山館圖記

馬曰璐

揚州古廣陵郡，女牛之分野，江淮所匯流，物産豐富，舟車交馳，其險要扼南北之衝，其往來爲商賈所萃。顧城僅一縣治，即今之所謂舊城也。自明嘉靖間以防倭，故拓而大之。是以城式長方，其所增者又即近今之所謂新城也。

余家自新安僑居是邦，房屋湫隘，塵市喧繁，余兄弟擬卜築別墅，以爲掃榻留賓之所。近於所居之街南，得隙地廢園，地雖近市，雅無塵俗之囂，遠僅隔街，頗適往還之便。竹木幽深，芟其叢薈，而菁華畢露；樓臺點綴，麗以花草，則景色胥妍。於是，東眺蕃釐觀之層樓高聳，秋螢與磷火争光；西瞻謝安宅之雙檜猶存，華屋與山邱致慨。南聞梵覺之晨鐘，俗心俱

净；北訪梅嶺之荒戍，碧血永藏。以古今勝衰之蹟，佐賓主杯酒之歡。余輩得此，亦貧兒暴富矣。

於是鳩工匠，興土木，竹頭木屑，幾費經營，掘井引泉，不嫌瑣碎，從事其間，三年有成。中有樓二：一爲看山遠矚之資，登之則對江諸山，約略可數；一爲藏書涉獵之所，登之則歷代叢書，勘校自娱。有軒二：一曰透風披襟，納凉處也；一曰透月把酒，顧影處也。一爲紅藥階，種芍藥一畦，附之以澆藥井，資灌溉也。一爲梅寮，具朱緑數種，媵之以石屋，表潔清也。閣一，曰清響，周栽修竹以承露。庵一，曰藤花，中有老藤，如怪虬。有草亭一，旁列峰石七，各擅其奇，故名之曰七峰草亭。其四隅相通處，繞之以長廊，暇時小步其間，搜索詩腸，從事吟詠者也，因顔之曰覓句廊。將落成時，余方擬榜其門爲街南書屋，適得太湖巨石，其美秀與真州之美人石相埒，其奇奥偕海寧之皺雲石争雄，雖非媧皇煉補之遺，當亦宣和花綱之品。米老見之，將拜其下；巢民得之，必匿於廬。余不惜資財，不憚工力，運之而至。甫謀位置其中，藉作他山之助，遂定其名小玲瓏山館。適彌伽居士張君過此，挽留繪圖。祇以石身較岑樓尤高，比鄰惑風水之説，頗欲尼之。余兄弟卜鄰於此，殊不欲以游目之奇峰，致德鄰之缺望。故館既因石而得名，圖以繪石之矗立，而石猶偃卧，以待將來。若諸葛之高卧

隆中，似希夷之蟄隱少室，余因之有感焉。夫物之顯晦，猶人之行藏也。他年三顧崇而南陽興，五雷震而西華顯，指顧間事，請以斯言爲息壤也可，圖成遂爲之記。

（録自丘良任提供的姚鼒士收藏的圖記）

作者簡介：馬曰璐（一六九七—一七六六），字佩兮，號半槎，原籍安徽祁門，以業鹽定居揚州，與兄曰琯並稱『揚州二馬』。薦博學鴻詞，不就。著有《南齋集》。

閣記

青蓮閣

青蓮閣爲李季宣讀書處，當在儀徵江干。李季宣，名柷，儀徵人。明萬曆元年（一五七三）領鄉薦，曾官知縣。《青蓮閣記》即爲其所作。閣今不存。

青蓮閣記

湯顯祖

李青蓮居士爲謫仙人，金粟如來後身，良是。『海風吹不斷，江月照還空』，心神如在。按其本末，窺峨嵋，張洞庭，臥潯陽，醉青山，孤縱掩映，止此長江一帶耳。風流遂遠，八百年而後，乃始有廣陵李季宣焉。

季宣之尊人樂翁先生，有道之士也。處囂而神清，休然穆然，五經師其講授，六德宗其儀表。達人有後，爰發其祥。夢若有持，清都廣樂，徘徊江亭，以柷將之，曰：『以爲汝子。』覺而生季宣，因以名。生有奇質，就傅之齡，《騷雅》千篇，殆欲上口。弱冠，能爲文章。雲霞風霆，藻神逸氣，遂拜賢書，名在河嶽。公車數上，尊人惜之，曰：『古昔聞人雅好鳴琴之理，子無意乎。』季宣奉命筮仕，授山以東濟陽長。資事父以事君，亦資事君而事父也。三年，大著良聲，雅歌徒詠。然而雄心未弁，俠氣猶厲。處世同於海鳥，在俗驚其神駿。遂乃風期爲賈患之媒，文字祇招殘之檄矣。君慨然出神武門，登泰山吴觀而嘯曰：『使君一飲揚子中泠水，亦何必三周華不注耶。且親在，終致君臣而爲子矣。』則歸而從太公。群從騷牢，夷猶乎江皋，眺聽壺觴，言世外之事，頽如也。

起而視其處，有最勝焉。江南諸山，翠微浥曄几席，欣言久之。夷堂發[宀叟]，層樓其上。望遠可以賦詩，居清可以讀書。書非仙釋通隱麗娟之音，皆所不取。然季宣爲人偉郎横絶，喜賓客。而蕪城真州，故天下之軸也。四方游人，車蓋帆影無絶。通江不見季宣，即色沮而神懊。以是季宣日與天下游士過從。相與浮拍跳踉，淋灕頓挫，以極其致。時時挾金焦而臨北固，爲褰裳蹈海之談，故常與游者，莫不眙愕相視，歎曰：『季宣殆青蓮後身也！』相與顔其閣曰『青蓮』。

季宣歎曰：『未敢然也！』吾有友，江以西清遠道人，試嘗問之。道人聞而嘻曰：『有是哉，古今人不相及，亦其時耳，世有有情之天下，有有法之天下，唐人受陳隋風流，君臣游幸，率以才情自勝，則可以共浴華清，從階陛嬉廣寒。今白也生今之世，滔蕩寒落，尚不能得一中縣而治。彼誠遇有情之天下也。今天下大致滅才情而尊吏法，故季宣低眉而在此。假生白時，其才氣凌厲一世，倒騎驢，就巾拭面，豈足道哉。』海風江月，千古如斯，吾以爲《青蓮閣記》。

（録自《湯顯祖全集》卷三十四）

作者簡介：湯顯祖（一五五一—一六一七），字義仍，號海若、若士。別署清遠道人。今江西臨川人。萬曆十一年（一五八三）進士，曾任遂昌知縣、南京太常寺博士等職。有《湯顯祖全集》。

小倦游閣

小倦游閣本揚州東關街觀巷天順園後之小樓，清嘉慶十一年（一八〇六），包世臣（號倦翁）寓此，遂名『小倦游閣』，由此名聞遐邇。

小倦游閣記

包世臣

嘉慶丙寅，予寓揚州觀巷天順園之後樓，得溧陽史氏所藏北宋棗版《閣帖》十卷，條別其真僞，以襄陽所刊定本校之，不符者右軍、大令各一帖，而襄陽之説爲精，襄陽在維揚倦游閣成此書，予故自署其所居曰『小倦游閣』。

十餘年來，居屢遷，乃襲其稱而爲之記曰：史言長卿故倦游，説者謂倦疲也。言疲厭游學，博物多能也。然世人事游者，輒使才盡何耶？蓋古之游也有道，遇山川則究其形勝厄塞，遇平原則究其饒確與穀木之所宜；遇城邑則究其陰陽流泉而驗人心之厚薄、生計之攻苦；遇農夫野老則究其作力之法、勤惰之效；遇舟子則究水道之原委；遇走卒則究道里之險易迂速與水泉之甘苦羡耗，而以古人之已事，推測其變通之故。所至又有賢士大夫講貫切磋，以增益其所不及。故游愈疲則見聞愈廣、研究愈精，而足長才也。今之游者則不然，貧則謀在稻粱，富則娱於聲色。昔善者乃能於中途流連風物，詠懷勝蹟，所至則又與友朋事談筵、逐酒食，此非惟才易盡也，而又長惡習。

予自嘉慶丙辰出游，以至於今，廿有七年矣，少小記誦，荒落殆盡，而心智益拙，志意頽放，不復能自撿束，而猶日昌，此倦游之名也。其可懼也夫，其可愧也夫。

（録自《藝舟雙楫》）

包世臣（一七七五—一八五五），字慎伯，涇縣（今屬安徽）人。嘉慶十三年舉人，以知縣分發江西，權新喻縣，因劾去官。少工詞章，繼喜兵家言，善經濟之學，於兵、荒、漕、鹽諸政，均有獨特見解，而當塗者多相垂詢。著述有《中衢一勺》、《藝舟雙楫》、《齊民四術》、《安夢詞》、《白門倦游閣詞》、《安吴詞》等行世。

彤雲閣

彤雲閣,原名玉皇閣,在瓜洲,清乾隆四十二年(一七七七)里人王元臣建。王元臣,字漢標,號鐵夫,監生,慷慨好施,乾隆二十一年(一七五六)大饑,出米濟貧,所活甚衆,凡有義舉,知無不爲。彤雲閣即其獨力所建。此記爲其孫王豫所作。閣今已不存。

彤雲閣記

王　豫

地必有奇山水,始稱勝區。江南山水,莫奇於京口。然又必有迴環前後、掩映左右者,而山水始不孤。豫嘗游江上而望之,其西則金山之縹緲,東則焦山之蒼茫,南則蒜山、北固、五州、八公、九子之嶙峋峭拔。茲數山者相去僅十數里,而光景形勢自見迴環掩映之致,而由江以注於海者皆水。然其北則瓜埠,平地自廣陵來,五十里無山,是三面形勢且將受孤於北,孤於北則三面雖多山水,何奇哉?然瓜埠固無山,而觀覽京口山水,則固非無登高縱目把酒賦詩之地。聳然起於霄漢間,與蒜山屹對,傾百里耳目之觀,收群山水於座上者,獨不有所謂彤雲閣者乎!閣高四五丈,地高十餘丈,屋宇數十間,建自宋元。《元史》所稱龜山寺者,即其地也。去瓜洲東門外里許,清曠閑僻,下皆古冢,不知山水者間歲不一游,雖縉紳先生猶忽焉,無論農工商賈之輩。然則能領山水之奇者,則爲我輩一二人游而樂也已。

乾隆四十五年,豫尚幼童,隨先大父游,流連太息,愴惻若不釋。是時,閣久傾圮,不蔽風雨,神鬼晝見,狐狸夜號。先大父顧謂豫曰:『斯閣今若此,勢將化爲荒煙爲蔓草,而瓜埠無勝區矣!』於是捐金千有奇,鳩工治瓦木,閱三月竣。復令道士孔來章住持。迨五十一年冬,先大父卒。五十五年秋,豫復游於此。嗟呼!依然聳峙而不壞者,非重建之閣耶!而由閣以覽山水之奇者,非豫耶!而京口山水遂面閣以不孤者,非先大父之力耶!今日者睹物興懷,悼先人之遺蹟,悵今昔之存亡,其游而樂者,不且轉而爲悲乎!斯閣在瓜埠,人罕言之。論云『地以人傳』,斯閣其傳乎?其不傳乎?則固聽夫後之知山水之奇者。爲之記。

(録自《瓜洲續志》卷八)

作者簡介:王豫(一七六八—一八二六),字應和,號柳村,清,江都人。輯《江蘇詩徵》一百八十三卷,著有《種竹軒詩文集》。

臺記

文游臺 文游臺在高郵東北泰山之巔，建於北宋元豐七年（一〇八四），爲蘇軾過高郵與秦觀、孫覺、王鞏同游論文飲酒之處，故以『文游』名臺，李公麟繪圖刻石。自宋以後，數百年間，曾多次修葺，立有清王士禎書『古文游臺』牌坊。盍簪堂四壁嵌有《秦郵帖》，皆出名家之手。近年又加修繕，並增添秦觀塑像。門額『淮堧名勝』四字爲康有爲女弟子蕭嫻書，『盍簪堂』三字爲沙孟海書，其上尚有『山抹微雲』、『湖天一覽』等匾，亦出名家之手。現爲級省文保單位。文游臺東側爲新建之汪曾祺紀念館。

重修文游臺記

應　武

慶元戊午，分教高沙麗澤之暇，出郛郭，入郊坰，有頽基屹立草莽，質之朋從，乃文游臺故址也。孫莘老、秦少游，邦之先哲，嘗與蘇子瞻、王定國載酒論文此臺之上。時守以群賢畢至，匾曰：『文游』，李伯時筆之丹青，以侈淮堧勝概。中更兵毀，臺浸以圮。

武聞而歎曰：『斯文未喪，天意攸屬，固不以臺爲存亡，昔有思人而愛棠者，况悦其風登其址乎。欲請諸郡復之而未果，解龜來歸瀟湘，涉江湖，每登高北望，未嘗不凝思於此也。嘉定壬申之臘，被命北徼，道由高沙，層臺焕然，覆以宇，祠以像。岸柳迂遠，徑花迴深，昔歎所懷，今幸睹其備。使旋，邦君逆勞於郊，屬爲之記。因考臺之顛末，屢隳而興者，由後世尊其人者多也。淳熙初，王公詷起其廢；嘉泰三年，吴公鑄從而新之；開禧邊釁適起，復爲瓦礫之場；張侯來守是邦，政成，以其餘力，復臺之舊。其識趣開廣，豈直爲游觀地哉！

竊謂四君子咸以文顯，東坡尤爲巨擘，静若彝器，叩如黄鐘。孝宗皇帝序其文曰：『忠言讜論，立朝大節，一時遷臣，無出其右。』放浪嶺海，文不少衰，力斡造化，元氣淋漓，聖學緝熙，嘗置左右，非可以絺章繪句論也。暇想當時，接袂登臺，揮麈劇談，必有關於經緯天地，垂一王法者，楚之章華，漢之望仙，魏之銅雀，吴之姑蘇，雖崇制峻峙，無補名教，俱在下風矣。

試相與躋文游，縱目四顧，其南曰『廣陵』，祖豫州所從擊楫而誓也；其東曰『海門』，謝太傅欲泛裝而定經略也；其西之北則淮泗，謝建武常建游軍以爲形援也。計其一時英雄慷慨，憤中原之未復，欲吞之以忠義之氣，今焉徘徊四睇，慕前諸賢有文事必有武備，此又建臺之深意也。邦君姓張，名革，字信之云。

（録自嘉慶《揚州府志》卷三十三）

作者簡介：應武，宋天臺（今屬浙江）人。生平不詳。

文游臺記

王元凱

昔宋蘇子軾過高郵，與高郵孫子覺、王子鞏、秦子觀會集是臺，名『文游』，李伯時圖之。守土者續葺厥基，王詗起淳熙，吴鑄飭嘉泰，張革復開禧。及我正德歲，蒲圻胡君堯元，由進士地官屬謫倅是邦，詢遺址於泰山廟後，爲門一重，堂曰『盍簪』，室曰『崇賢』祠秩四子之貌於内，終南王山人元凱南歸，聞而悦焉，乃約郡守朱進士良、郡判沈進士圻相與勞胡君於是臺之上，朱君慨然嘆曰：『古雄臺何限，惟兹不泯有數乎！』王山人曰：『地以人爲重輕，人以實爲修短，是臺之興起，固有不可泯之實，無形而默存者耶！』

文也者，實之不可泯者也。德行文之本，事業文之用，節義文之紀，詞章文之著，四君子之在當時未足語文，不在兹之全體。然考諸子傳，德行、節義，大有可法刑，事業大有可推仰，詞章大有可瞻誦。而蘇子之行詣，又有可欽崇者焉。夫山得人若增而高，水得人若闊而廣，蕞爾之臺而得君子一時爲斯文之會，惡怪其常而逾光也。昔人築凌虚臺於扶風，蘇子謂，世有足恃者而不在臺之存亡也。今是臺不隨凌虚而没，信有實之足峙耶！彼築焉者期悠久而不能，此游焉者適一時而卒以垂遠，蘇子之論果誣我哉，乃知古之士，所論即所存，所告人即所自處，而人永名，地永跡，相須以不泯也，實焉而已。

嗚呼！吾儕此四人之游，可以追前賢而啓後觀乎，固曰不可，能願與勉之。沈君奮然曰：『彼四君子爲誰？我四君子爲誰？古今人不同類，斯已矣，子豈甘自棄耶？』正德十三年春二月吉，謹記。

（録自嘉慶《揚州府志》卷三十三）

作者簡介：王元凱，明終南山（今屬陝西）人。生平不詳。

重修文游臺記

王士禎

古來風流文采、魁梧奇傑之士，其在當時，或遇或不遇矣。而以名高取忌、守道叢謗，至不得一日安其身於廟堂之上，甚者播遷江湖、嶺嶠之間，而坎壈以老死。數千百年後，學士、大夫讀其書，思慕其爲人，至其所嘗游眺憩息之地，必且披荆棘，訪碑志，往往爲之流連感激，太息憑吊於荒煙斷靄中。豈其遇之有幸有不幸歟，抑盛名者鬼神之所靳，豐於此則必歉於彼。與者蘇長公，生宋盛時，以文章名動天下，試館閣爲侍從之臣，薦列大藩，天子至以宰相器之，不可謂不遇矣。然終以直道見尤，謝景温、李定舒亶之屬，相繼肆其彈射，卒之流離惠州儋耳窮海絶嶠之濱，不究其用，爲天下惜，至並其所爲文章亦禁錮之，何其不幸也。

考公平生蹤跡，多在江淮。又嘗與孫莘老、秦少游、王定國輩游處最善。而孫、秦二君子者，皆高郵人，故郵樂得公而顯。而文游臺在城東北里許，即公與三君子所嘗游眺者也。宋淳熙中王詗葺之，嘉泰中吴鑄重新之，其興廢之迹又略見於應武、王元凱二君記。自明正德迄今康熙，又二百餘年矣。予以順治十七年來李廣陵，文書之暇，多從小舠往來三十六湖之上，因登是臺而吊之。嗟其頹廢荒落，謀諸州守吴君及州之士大夫，思所以修葺而振起之者。會吴君秩滿擢蜀之龍安守以去，繼之者閩海曾君，余復告之。蓋始辛丑迄甲辰，閲四歲而臺之工以成，余因是慨然有感也。方公洎三君子以直道不見容於世，放跡湖海，登是臺以嘯詠，發舒其無聊不平之氣，亦偶然耳！豈嘗計及數百年之後是臺之存没，與後之人爲之太息憑吊，感激而流連者耶！

余生後公且五六百載，猶得登斯臺拜公祠宇，恨不及四公當日同其游眺登臨之樂，而親聆其音旨，《詩》曰：『高山仰止，景行行止。』斯臺之謂也。自宋及今，閲五六百載，所謂僉壬者，其人與骨皆已朽，而斯臺巍然，公之風流照映於無窮，然則公不可謂不幸也！公嘗作《太息》一篇，送少游之弟少章，有感於孔北海之論盛孝章也。其言曰：英偉奇逸之士不容於世俗久矣。雖然，自今觀之，孔北海、盛孝章猶在世，而向之讒評者與草木同腐。嗟呼！後之視今不猶今之視昔乎！臺在泰山廟後，有樓有亭，皆可以望遠，登其上則長湖淼漫，風帆杳露，稻塍柳陌，繡錯而棊布，尤宜於高秋密雪之時，樓與亭者皆不自名而從臺者，存古也。（録自嘉慶《揚州府志》卷三十三）

莊記

梅莊 梅莊在揚州城東，清乾隆年間陳敬齋築，主人性嗜梅，植梅數十畝，故名『梅莊』。今不存。

梅莊記

鄭 燮

廣陵城東二里許，有梅莊，敬齋先生之別業也。先生性嗜梅，其家所植亦伙矣，又構別墅於郊外，老梅數十畝，號曰『梅莊』，蓋其嗜也。梅之古者百餘年，其次七八十年，其次二三十年，虬枝鐵幹，蟠屈龍盤。

先生與梅最親切。仆者立之，卧者扶之，缺者補之，茸者削之。根之撥者，築土以培之；枝之遠者，架木以荷之。梅亦發奮自喜，峥嶸碩茂，以慰主人之意。又嘗伐他樹枝以相撑拄，其柯得氣而活，交枝接葉，與梅相抱，若連理焉，豈非氣至而神、神至而化乎！春明花放，主人載詩筒，陳酒罍，列茶具，或一人獨往，以領其神，或與客偕來，以廣其趣。歌詩贈答，篇章重叠，酒盞紛紜。至於霜凄月冷，冰魂雪魄，淡煙浮繞於内外，主人徘徊其下，漏點頻催，不忍就卧，蓋念梅之寒，與同寒也。逮夫朝日將出，紅霞麗天，與梅英相映影射，若含笑，若微醉。梅亦呼主人，與之割暄分暖，不獨享也。

主人與梅，是一是二，誰能辨之？更有風號雨溢，電激雷犇，主人披衣而起，挑燈達旦，周遭巡視，俟梅之安而後即安。此豈有所勉强矯飾哉！其性之所嗜，有不知其然而然者也。其他蒼松古柏，修竹萬竿，爲梅之摯交。檀梅放臘，爲梅之先馳；辛夷漲天，繡球撲地，爲梅之後勁。桃李丁香，江籬木芍，山榴桂菊，不可勝記，皆梅之附庸小國也。一亭一池，一樓一閣，一臺一榭，一廊一柱，一欄一檻，一花一木，皆主人經營部署，出人意表之旨趣焉。箬林王太史，千字十種，勒石嵌壁，千古楷模。儲同人先生課士棘壇，勸勤後學，有修無壞，蓋主人挹梅之清，攬梅之韵，挺梅之骨，聚梅之神，事事皆喜今式，百無□□塵俗氣矣。主人姓陳氏，名揚宗，字□啓，別號敬齋。今而後又當號爲梅與。

（録自卞孝萱編《鄭板橋全集》）

作者簡介：鄭燮（一六九三—一七六五），字克柔，號板橋，江蘇興化人。乾隆元年（一七三六）進士，歷官山東范縣、濰縣知縣。有《鄭板橋全集》。

榆莊 榆莊在揚州城東南，近霍家橋，爲吴尊桐建，園中芍藥、牡丹之盛，爲當時揚州之冠。今不存。

榆莊記

袁枚

凡園近城則囂，遠城則僻。離城五六里而遥，善居園者，必於是矣。揚州撫松主人有榆莊城外，游者約炊五斗黍許即詣其所。

乾隆庚子春，主人招余同往。門外白榆歷歷，始悟命名之意。堂三楹，署曰『城南别墅』。栽鼠姑花。循堂而右，爲『無隱樓』，再右爲『同春閣』。樓下植桂，閣上望遠，江南諸山，可坐而致也。東有薜荔覲髦，號『翠微深處』。竹猗猗者，號『此君軒』。架石棧，曲榭紆迴以遠於『梅亭』，而遠見耕氓者，一號『寒手亭』，一號『小滄浪』。某宋廇戌削，窔宧蔽虧，而宜於冬者，號『雲窩』。爲 邪登彴以通小池者，號『魚樂國』。此園中即景分名之大概也。

是日酒半巡，主人索余爲記。余思揚州古稱信土，左思所謂繁富夥够處也。又孔穎達云：『揚州人性輕揚，故曰「揚州」。』因之，爲園者靡不百栱千櫨以爲勝，抗虹翼綺以爲華。而且所與游者，非高軒引喤，即豪士投凳，其爲魚鳥所嗤，業已久矣。獨撫松主人道韻平淡，樸角不斫，素題不枅，除一二幽人憩息外，雖顯貴挾勢以臨之，卒色然而拒。守園如守身，有古人鑿 闔土之遺風。園將隱，焉用文之哉？

然而，余羸老也，路隔一江，未卜何時再到。性又善忘，勝景過目，少縱即逝矣。畫以珍之，不如記以存之。雖微主人諈諉，亦必纂梗概爲卧游張本，而况二人之趣甚同、交甚狎耶？其時偕游者，一爲孫君芝亭，一爲汪君芝圃，皆余戚也。合牽連得書。

（録自《小倉山房續文集》卷二十九）

作者簡介：袁枚（一七一六—一七九七），字子才，號簡齋，世稱隨園先生，錢塘（今浙江杭州）人。乾隆四年（一七三九）進士，歷官知縣。著有《小倉山房詩文集》等。

宜莊記

沈德潛

揚郡城東南十餘里有宜莊，澹園黄子游息地也。舊址十餘畝，中有土阜，方廣而平，古桂百餘枝，連卷蚴蟉，爲三百年物，主人得而有之。地辟數倍，去大江三里許，與焦山相望，江勢繞郡而東，東去轉近江也。通江流爲池，潮汐日兩至，左右瀠洄，縠如鏡如。累石爲山，岡嶺迴互，陂陀陞陟，朗出高標。其中敞以凉堂，邃以密室，眺望者樓，休息者齋，僚曲者廊榭，爽塏者亭臺，與夫虹橋平埼、村柴蹊泮之屬，因其地而成之。山則雜植珍木，疏密林列，殊方奇花，莫可名狀；池則水草交映，游魚潛泳，波紋微興，雲天倒影。江以北之名境具於此也，命曰『宜莊』。宜乎時，宜乎地，宜乎人。

時而衆木花坼，岸鋪島織，攀桃藝藥，步蹊灌圃，於春月宜；菡萏翻風，篔簹嘯雨，千柄萬竿，納涼却暑，於夏月宜；宜於秋者，小山叢香，王孫淹駕，拒霜散綺，紡像錦城；宜於冬者，玉樹成幄，望中虚白，寒汀浴鶴，聲清警露。此嘉客所標額顔榜，以紀勝概者也。且素琴静張，爐煙氤氳，宜於獨坐；林泉布席，同心觴詠，宜於邀客；眺木末之風帆，玩潭心之素月，晝夜皆宜；登層邱而望雲物，步阡弄而觀稼穡，高下皆宜。至於蒼煙晴翠，度江而來，攬諸襟帶，輕舟緩進，鳧鷗散亂，馴擾回翔，此又合遠近物我而咸宜者。抑主人之意，或又不止乎此。名在仕版，不湛石隱；興寄林園，不重榮禄。才裕而跡晦，外朗而内和，體寧而心恬，浩浩乎！寥寥乎！有暢其天倪而不拘其轍者意，殆忘乎宜，而無乎不宜者耶？主人笑不答，因書其辭於壁。

（録自《歸愚文鈔》卷九）

作者簡介：沈德潛（一六七三—一七六九），字確士，號歸愚，江蘇長洲（今蘇州）人。乾隆四年（一七三九）進士，年近七十。謚文慤。著有《歸愚文抄》、《竹嘯軒詩抄》等。

劉莊

劉莊在今揚州廣陵路二百七十二號，建於清光緒年間，原爲『隴西後圃』。民國十一年（一九二二）歸鹽商劉景德所有，改名『劉莊』。徐鏞爲撰《劉莊記》，陶少洲勒石。今此碑尚在廣陵路二百七十六號民居中，筆者親見之。園内圈門嵌有『餘園半畝』石額。走廊兩壁間嵌有董其昌等人書法石刻。二十世紀五十年代，爲邗江縣委、縣人委駐地，現爲廣陵區公安局駐地。

劉莊記

徐鏞

是園昔係隴西後圃，今爲吴興劉氏旅揚别墅。臺榭軒昂，樹石幽古，頗極曲廊邃室之妙。庭前白皮松株，盤根錯節，皆非近代所有。竊憶光緒中葉，余曾游揚府幕，夙耳是園名勝，昔以公牘勞形，不獲涉足爲憾。

庚申之冬，余受劉氏聘任，來揚管理鹺務，寓斯園中，以是昔之心向往之者，今得晏安其中矣，乃悟天意、人事之巧合，殆佛家所謂『因果』也歟！

惜園屋年久失修，勢將坍塌，今春特鳩工修葺一新，並自塗書畫，聊資補壁，爰題名之曰『劉莊』，藉壯觀瞻，以志區别，而爲之記。

（録自廣陵路二百七十六號院中碑刻）

作者簡介：徐鏞，古吴（今蘇州）人，生平不詳。

圃記

讓圃 讓圃在天寧寺西院，爲清張四科、陸鍾輝別墅。先是張氏典賃，旋鬻陸氏，陸氏知其故，遂讓於張氏，張氏辭不受，經馬曰琯調介，各鬻其半，乃構亭舍爲別墅，故名『讓圃』。

讓圃記

張四科

郡北郭天寧寺側，隙地百餘畝，竹木森蔚，距城不數武，而窈然深邃，若山林間，蓋晉謝文靖公別墅也，以多銀杏，故俗有『杏園』稱。乾隆庚辛間，馬嶰谷昆季構『行庵』於其中，旁有某氏廢圃，因從容余以二百千買之，而陸南圻亦助成其事，取陸、張共宅意，顏之曰『讓圃』。

入門軒三楹，明簡庵略禪師退院所居，舊名『松月』，今仍之。軒後一銀杏，樹大蔽中，下纍白石爲塔，即藏簡公爪髮所，一碑，爲姚少師所作塔銘。由軒右入，有小樓，登之，樹色浮空，雲影在下，曰『雲木相參樓』。樓之右蘿陰如幄，一徑出其下，曰『蘿徑』。徑盡得小齋，曰『黄楊館』。其左由步廊達樓後，土岡起伏，悉植梅花，曰『梅坪』。循岡而右，一古井，曰『遺泉』。泉上有亭翼然，左右修竹數百竿，梧桐二三十株，曰『碧梧修竹之間』。

落成之日，置酒高會，自都御史胡公而下凡十六人，詩社之集，於斯爲盛，自是二十年來春秋佳日，選勝探幽，多在於此，四方文人學士，知有韓江雅集者，未嘗不從游於『行庵』、『讓圃』間，賞其地之勝，而慶余輩之獲結鄰也！乃未幾而同人凋喪殆半，前年夏，嶰谷亦歸道山，近南圻復移家金陵，惟余與半查及二三知舊，消聲匿影於荒林老屋之中，友朋文酒之樂，非復曩日矣。

夫此地隱於幽僻，賴謝公輝映前古，歷千載而始得，余輩徒以一觴一詠，流連往復於一時，無修遠之名爲之增重，而又風流雲散，今昔頓殊。

吁！其亦可悲也已，不有所述，後之人其將何以考諸，爰囑嘐城周牧山作圖，而余爲之記。乾隆二十一年歲次丙子閏九月朔日，臨潼張四科識

（録自《增修甘泉縣志》卷十九）

作者簡介：張四科（一七一一—？），字哲士，號漁川，陝西臨潼人，以業鹽遷居揚州。著有《寶閑堂集》、《鄉山詞》等。

後記

揚州自古就有『園林多是宅，車馬少于船』、『兩堤花柳全依水，一路樓臺直到山』的記載和『揚州以園亭勝』、『揚州園林甲天下』的美譽。無論你走進古城揚州或打開揚州歷史，那一座座園亭、一幢幢樓臺，就如一顆顆明珠、一幅幅畫卷，讓你賞心悦目，心曠神怡，陶醉妙境，流連忘返；而那一篇篇出自名家、膾炙人口的園記，就像對這些明珠、畫卷的最好説明與解讀，讓你百讀不厭，品味無窮，沉浸在自然美與藝術美、建築美與文學美的享受之中。

隨着歷史的變遷和歲月的流逝，由于天灾人禍，揚州不少名園已化爲過眼雲烟，有的連園址都無法考證，然而這些名園的結構與景物却完整地保留在歷代園記文學之中。這些園記既是揚州歷史興衰發展的見證，又是揚州歷史文化的重要組成部分。作者以文學手法記述了園亭的真情實景，具有較高的文學價值和史料價值。它們就像詩歌中的山水詩、國畫中的山水畫，可謂文學百花園中一朵芳香耀眼的奇葩。閲讀欣賞這些園記，仿佛與古人同游山林，品茗賞景，大有身在塵外，『不知有漢，無論魏晋』之感。

據李斗《揚州畫舫録》載，早在康乾之際，翰林院編修程夢星與其侄程名世就曾仿北

宋李格非《洛陽名園記》，修葺《揚州名園記》，後來僅成《虹橋圖》及念莪草堂、王家玉樹、耕隱草堂《三園圖記》，叔侄二人即先後而逝，以致《揚州名園記》未能成書，留下歷史遺憾，其後二百餘年中無人賡續其事。

我於園林一竅不通，衹是平時喜歡讀書，後來又從事文史工作，經常接觸到園記方面的資料。爲了彌補二程留下的歷史遺憾，二十世紀九十年代初，我與夏友蘭、朱懋偉曾書面建議市政府編輯出版《揚州名園記》，以弘揚、傳承享有美譽的揚州園林文化；同時建議，編輯時對園記作者做簡要介紹，注明每篇園記的出處，對園記文字不作任何注釋，讓讀者自己去閲讀、理解與品賞，以免畫蛇添足。

這個建議雖然没有得到落實，但我一直留心園記資料的搜集與整理，截至二〇〇七年八月，共收録揚州（包括現轄市縣區）上自北宋下迄民國各類園記一百一十三篇，其中園記四十篇、堂記三十六篇、亭記十五篇、樓記八篇、館記三篇、臺記三篇、閣記三篇、莊記四篇、圃記一篇。有些園亭明知有記，却無法找到記文，如唐代皇甫湜的《玉鉤亭記》、宋代張懷的《平山堂記》及趙彦縚的《風月亭記》。更有許多園亭，如萬花園、萬石園、偕樂園、明月樓、迎仙樓、騎鶴樓、木蘭亭、無雙亭、波光亭、瓊花臺、秋聲館、雲山閣等令人遐思，令人神

往的園亭，歷史上僅有名而無記，以致無法知道這些園亭的規模、結構與景物。

揚州許多園記曾被刻成石碑，或嵌于墻壁，或立于園中，有的還覆以亭，構成園中又一道風景。據清嘉慶《揚州府志》金石卷記載，僅宋代刻成石碑的園記就有沈括的《平山堂記》、《九曲池新亭記》，王安石的《新園亭記》，洪邁的《平山堂記》，樓鑰的《平山堂記》，楊蟠的《衆樂園記》，劉燾的《壯觀亭記》，楊萬里的《重修壯觀亭記》，胡弼的《注目亭記》。歐陽修的《真州東園記》，由著名書法家蔡襄書寫勒石立于園中，有園、記、書『三絶』之稱。清代劉鳳誥撰記并書的《个園記》碑，至今嵌于个園壺天自春樓下東側廊壁間。其它如董恂隸書的蔣超伯《重建平山堂記》，王景琦楷書的汪時鴻《重修平山堂記》，汪桂林楷書的吴恩棠《徐園碑記》等碑，亦保存完好。這些園記石碑既有觀賞價值，又有紀念價值和文物價值，人們還可欣賞其書法藝術。

揚州不少園亭不僅有記，而且有圖，有的是先有圖而後才有記的。歐陽修的《真州東園記》、王士禛《揚州東園記》，都是作者根據園圖所描繪的結構、景物而後作的園記。可惜由于歷史變遷和歲月流逝，這些園圖已不復存世，本書附部分存世園圖，以供欣賞。

本書之成，要感謝北京、上海、南京、揚州等地圖書館和南大、揚大圖書館的同志多年來爲我提供的諸多方便；要感謝萬平、周天媛兩位女士的熱情幫助；更要感謝湯杰先生和蔣孝達先生，二公年近九旬，是我讀書求知的良師益友，他們不顧年邁，幫我校訂了全部書稿，改正了原本和抄録、標點中的謬誤。本書之出版，要感謝揚州廣陵古籍刻印社社長陸文彬，他們從媒體上得知我在編纂《揚州名園記》，隨即電話與我聯系，願意制作好這本書，哪怕虧本也在所不惜。在當前『經濟挂帥』的商潮中，他們這樣做令我感動不已。特别要感謝的是蕭楠女士、江蘇明珠試驗機械有限公司董事長朱明先生對本書之出版給予的大力支持，這不僅是對揚州出版業的大力支持，也是對宣傳揚州，建設文化揚州的無私奉獻。在此，我向他們表示崇高的敬意。

著書不易，編書亦不易，校書尤不易。校書猶如掃落葉，前面掃了，後面又落下。本書盡管多次校對，力求減少、消滅差錯，很可能還存在這樣那樣的問題，敬請廣大讀者、學者不吝批評、教正。

顧一平

二〇〇八年春節於北京冰壺齋